UNGELIEBTER EINZELGÄNGER

DAS FERAL PACK, BUCH 4

EVE LANGLAIS

Copyright © 2022 Eve Langlais

Englischer Originaltitel: »Rogue Unloved (Feral Pack Book 4)«
Deutsche Übersetzung: Noëlle-Sophie Niederberger für Daniela Mansfield Translations 2022

Alle Rechte vorbehalten. Dies ist ein Werk der Fiktion. Namen, Darsteller, Orte und Handlung entspringen entweder der Fantasie der Autorin oder werden fiktiv eingesetzt. Jegliche Ähnlichkeit mit tatsächlichen Vorkommnissen, Schauplätzen oder Personen, lebend oder verstorben, ist rein zufällig.
Dieses Buch darf ohne die ausdrückliche schriftliche Genehmigung der Autorin weder in seiner Gesamtheit noch in Auszügen auf keinerlei Art mithilfe elektronischer oder mechanischer Mittel vervielfältigt oder weitergegeben werden.

Titelbild entworfen von: Cover by Joolz & Jarling (Julie Nicholls & Uwe Jarling) © 2021/2022
Herausgegeben von: Eve Langlais www.EveLanglais.com

eBook: ISBN: 978-1-77384-351-3
Taschenbuch: ISBN: 978-1-77384-352-0

Besuchen Sie Eve im Netz!
www.evelanglais.com

PROLOG

VIERZIG JAHRE ZUVOR ...

»Pass auf!«

Das laute Knallen des Lineals auf ihren Fingerknöcheln trieb Luna Tränen in die Augen, aber sie wusste es besser, als zu weinen. Die Nonnen, die das Waisenhaus leiteten, duldeten weder Jammern noch schlechtes Benehmen.

Ihr Verbrechen? Sie war dabei erwischt worden, wie sie aus dem Fenster gestarrt hatte, da sie sich nach dem Sonnenschein und der frischen Luft sehnte, die knapp außerhalb ihrer Reichweite waren. Wie sie es vermisste. Tagein, tagaus gingen die Waisen vom Schlafsaal zum Klassenzimmer oder in die Kirche und dann wieder zurück in den Schlafsaal. Dieser Zeitplan ermöglichte nur eine kurze Pause im Freien, während derer sie frische Luft atmen und sich die Beine vertreten konnten. Nicht genug für ein wachsendes Mädchen – und Folter für den Wolf in ihr.

Bevor Luna weitere Striemen von der strengen Nonne bekommen konnte, zog sie den Kopf ein und übte weiter ihre Schreibschrift, dann fuhr sie mit Mathematik und Naturwissenschaften fort, gefolgt von einer Stunde des Betens vor dem Abendessen, Hausarbeiten und weiterem Beten, während sie sich bettfertig machten.

Jeder Tag war derselbe. Obwohl sie erst seit ein paar Wochen hier war, erinnerte Luna sich kaum an eine Zeit vor dem Waisenhaus mit seinem strengen Plan. Nur das Gesicht ihrer Mutter und ihre gejaulte Ermahnung, sie solle laufen, als Luna sie das letzte Mal gesehen hatte, waren noch klar.

Luna war gelaufen, selbst als sie die Schüsse gehört hatte. Sie war gelaufen und gelaufen, bis sie nicht mehr laufen konnte. Als ein paar Wanderer sie fanden, war sie nackt und mit Kratzern übersät gewesen. Die Fremden hatten sie in die Stadt gebracht und bei der Polizeiwache abgesetzt, wo ihr ein uniformierter Mann mit großem, buschigem Schnauzbart, dessen überwältigendes Auftreten beängstigend für ein kleines Kind war, Fragen stellte.

Der freundlichere Sozialarbeiter hatte mehr Glück dabei, Antworten zu bekommen.

»*Wer bist du?*«

»*Luna Smith.*«

»*Wo sind deine Eltern?*«

»Ich habe meine Mutter im Wald verloren.«
»Wo wohnst du?«
»Ich weiß es nicht.«

Sie waren so oft umgezogen und selten allzu lange an einem Ort geblieben. Sie hatten sogar in einem Auto gelebt, bis der Motor den Geist aufgab. Seither waren sie umhergestreunt. Es war eine Weile her gewesen, seit Luna in der Schule gewesen war.

Ein anderer Sozialarbeiter hatte Luna vorübergehend in einer Pflegefamilie untergebracht, während sie nach ihrer Mutter suchten. Drei Tage lang hatte die Polizei gesucht, ihre Mama jedoch nicht gefunden. Angesichts Lunas Alter – sieben, wobei ihr nächster Geburtstag im Herbst anstand – hatten sie entschieden, sie von der Pflegefamilie, die besser für jüngere Kinder geeignet war, zu einem von Nonnen geführten Waisenhaus zu bringen.

Sie hasste es.

Jeden Tag hoffte Luna, ihre Mutter würde auftauchen und sie von diesem kalten, beängstigenden Ort wegholen. Aber es kam niemand, um Luna zu retten.

Wenigstens waren nicht alle Schwestern gemein. Manche konnten ganz nett und tröstend zu einem kleinen Mädchen sein, aber sie rochen nicht richtig. Genauso wenig umarmten sie Luna, wenn sie traurig war. Auch interessierte es sie nicht, wenn sie mehr Fleisch wollte anstelle von Haferbrei und Eintopf.

Als der Vollmond kam, der erste seit ihrer Ankunft – der letzte war in der Nacht gewesen, in der sie Mama verloren hatte –, dachte Luna sich nichts dabei, im Schlafsaal zu sitzen, um ihn zu bewundern. Er kitzelte ihre Haut. Sie schloss die Augen und sonnte sich darin. Ihr Wolf wollte herauskommen und spielen, aber Luna wusste es besser. Mama sagte immer, sie solle es geheim halten.

»Warum bist du nicht im Bett?« Der schroffe Tadel kam von Schwester Francine, eine der jüngeren, aber strengeren Nonnen.

»Ich habe den Mond bewundert. Er ist so schön.« Luna zeigte darauf.

»Der Mond ist für diejenigen, die den Teufel lieben. Betest du Satan an?«

Luna starrte mit offenem Mund. Vor ihrer Ankunft im Waisenhaus hatte sie nicht einmal von Gott und dem Teufel gewusst. Diese Unwissenheit hatte dazu geführt, dass ein alter Mann in Gewändern ihr Wasser ins Gesicht spritzte und dabei sang. Die Nonnen nannten es Taufe, um dafür zu sorgen, dass ihre Seele nicht zur Hölle fuhr, wenn sie starb.

»Nein, Schwester Francine, ich würde niemals den Teufel anbeten.«

»Und doch bist du hier, tust seine Arbeit außerhalb deines Bettes, wo du offensichtlich zu ihm betest.«

Der Vorwurf verwirrte sie. »Aber ich –«

»Werde ja nicht frech zu mir!«

Luna konnte dem Rohrstock nicht ausweichen, den die Schwester schwang – sie wurden jeden Tag frisch geschnitten, um sie unter Kontrolle zu halten. Er wurde gegen ihre nackten Arme geschlagen, die unter dem Nachthemd hervorlugten.

»Aua.« Sie konnte den kurzen Ausruf nicht unterdrücken.

»Das hat nicht wehgetan.«

»Das hat es«, beharrte Luna, deren Lippen bebten, während ihr Tränen in die Augen stiegen. Mama hatte sie nie geschlagen. Niemand hatte das getan. Diese Art von Schmerz war neu.

»Lügnerin! Dienerin des Teufels.« Der Rohrstock schnellte wieder und wieder auf sie herab, selbst während der Mond heller zu werden schien.

Lunas Schmerz und Angst vermischten sich zu Zorn. Das war unfair. Warum wurde sie für etwas bestraft, das sie bei jedem Vollmond mit Mama getan hatte?

»Ich hasse dich«, schrie Luna.

Als Schwester Francine den Stock erneut nach unten schlug, packte Luna ihn und umklammerte ihn fest mit ihren kleinen Händen.

Ihr trotziges Verhalten führte zu einer schnellen Ohrfeige, die ihren Kopf zurückschnellen ließ, wobei ihre Zähne hart aufeinanderprallten und sie sich in die Zunge biss. Sie schmeckte Blut und ihr kamen noch mehr Tränen.

Sie mochte jung sein, aber sie wusste, dass das, was Francine tat, falsch war. Böse. Und laut der Nonnen stand in der Bibel, dass man Böses bekämpfen sollte. Sie kannte nur eine Art, um das zu tun.

Als ihr Zorn explodierte, tat es auch ihr Wolf.

Luna, die in der Wut gefangen war und einfach nur den Schmerz beenden wollte – nicht nur den ihrer geschlagenen Hände und Arme, sondern auch den Schmerz in ihrem traurigen Herzen –, fand Befriedigung in ihrer Frustration. Es waren die schrillen Schreie der anderen Waisen nötig, damit sie wieder zu sich kam. Als die anderen Nonnen kamen, kroch Schwester Francine zur Tür, während sie aus den vielen Kratzern und Bissspuren an ihrem ganzen Körper blutete.

Der Schock in den Augen derer um Luna herum ließ ihren Zorn verpuffen und sie innerlich zusammenschrumpfen, denn sie sah Angst und Abscheu. Sie hielten sie für ein Monster.

Und vielleicht war sie das. Niemand sonst hatte Blut im Mund.

Sie fiel in sich zusammen, ihr Fell zog sich zurück, ihre Haut kam wieder und sie war abermals ein schwaches Kind.

Die Nonnen stürzten sich auf sie und Luna wehrte sich nicht, als sie sie aus dem Schlafsaal in einen Lagerraum zerrten, wo sie eingesperrt wurde. Sie umarmte ihre nackten Knie – sie hatte bei der Verwandlung ihr Nachthemd verloren. Nicht zum ersten Mal hatte sie keine Decke, in die sie sich wickeln konnte. Aber zuvor hatte sie Mama gehabt. Jetzt war sie allein.

Die Tage danach waren ein verschwommener Schleier, der erzwungene Gebete beinhaltete, die von verschiedenen Nonnen überwacht wurden und sie mit wunden Knien und heiserer Stimme zurückließen. Sie erleichterte sich in einen Eimer, allerdings nicht oft, da sie nur einmal am Tag zu essen bekam, und auch das nur wenig.

Laut der Nonnen stimmte etwas mit Luna nicht. *Sie betet den Teufel an*, flüsterten einige. *Monster*, sagten andere. Sie bekreuzigten sich jedes Mal, wenn sie sie sahen, und stellten nie Augenkontakt her. Sie fürchteten und hassten sie.

Der Priester, der sie mit Wasser besprizt hatte, kehrte zurück, diesmal um ihr den Dämon auszutreiben, von dem sie seiner Meinung nach besessen war. Er übergoss sie mit Weihwasser. Fastete mit ihr. Betete eine nervige Zeit lang. Hörte Gott wirklich auf so dummes Geplapper? Täglich verlangte er, dass Luna dem Teufel abschwor. In der Hoffnung, die Folter zu beenden, willigte sie ein. Sie würde alles tun, um aus der Kammer herauszukommen. Sie sagten ihr, sie würde erst freigelassen, nachdem sie sich beim nächsten Vollmond bewiesen hatte.

Sie hätte vielleicht Erfolg damit gehabt, ihren Wolf zurückzuhalten, aber die Nonnen hielten es für eine brillante Idee, sie dazu zu zwingen, sich der Umarmung des Teufels zu stellen – was in ihrem Fall Mondlicht war.

Sie zwangen sie dazu, sich auf die Steinplatten in der Kapelle zu knien. Der dünne Stoff ihrer Hose polsterte ihre Knie kaum gegen die harte Oberfläche ab.

Mit gefalteten Händen betete sie, als die Sonne unterging, das Buntglas beleuchtete und das Kreuz mit der Figur des daran hängenden Jesus umrahmte.

Sie betete während des Abendessens, mit völlig ausgetrockneter Kehle. Ihre Knie schmerzten. Sie konnte nicht aufhören. Wenn sie beweisen konnte, dass sie den Teufel ausgetrieben hatte, wenn sie ihren Wolf zurückhielt, würde sie ihre Freiheit bekommen.

Sie musste nur stark sein.

Gegrüßet seist du, Maria ...

Der Mond ging auf, schimmerte durch die Fenster an der Ostseite und tauchte sie in sein silbriges Licht.

Luna kämpfte gegen den Drang in ihr an.

... voll der Gnade.

Sie wiederholte die Worte des Ave-Maria immer und immer wieder, ein schnelles Flüstern, das funktionierte. Sie hatte die Kontrolle. Sie konnte es verstecken, wie Mama es ihr gesagt hatte.

»Tu Buße!« Der Schrei kam mit einer Ohrfeige, die ihren Kopf heftig zur Seite schnellen ließ.

Luna biss sich auf die Zunge, woraufhin der Kupfergeschmack von Blut in ihren Mund drang.

Sie begann von Neuem mit ihrem Gebet. »Gegrüßet seist du, Maria –«

»Schwöre dem Teufel ab!«, schrie Schwester Francine, bevor sie Luna an den Haaren packte und unangenehm daran zog.

Es tat weh, und dem wütenden Funkeln in den Augen der Schwester nach zu urteilen wusste Luna, dass die Schmerzen noch schlimmer werden würden. Und niemand würde sie aufhalten. Diejenigen, die zusahen, griffen nicht ein.

»Tu Buße, unreine Ergebene von Luzifer.«

»Nein.«

»Was hast du gesagt, Dienerin von Satan?«, zischte Francine.

»Ich sagte: ›Nicht mehr.‹«

»Du hast nicht zu bestimmen, wann ich fertig bin.« Francine packte Lunas Haare fester.

Der Schmerz machte Lunas Wolf nur stärker.

»Sie sollten vielleicht weglaufen«, war Lunas leiser Ratschlag.

Sie rief ihren Wolf. Hieß ihn inmitten der Schreie von »Monster!« willkommen.

In dieser Nacht war sie das. Luna tobte zuerst durch die Kirche und dann durch das Waisenhaus, wobei sie jeden anknurrte, der sie konfrontierte. Sie wollte fliehen, und doch schlossen die Nonnen trotz ihrer Angst die Türen nicht auf. Die Fenster waren vergittert.

Schließlich war Luna zu erschöpft, um zu kämpfen.

Sie schlief ein und wachte auf, als die Nonnen, von denen einige offensichtlich verwundet waren, ihren nackten und müden Körper zurück in die Kammer zerrten.

Drei Tage später, während derer niemand gekommen war, um ihr auch nur etwas zu essen zu bringen, erschien der Professor – ein freundlicher, älterer Herr, der Luna anlächelte und sagte: »Komm mit mir, Kind.«

Sie musterte ihn argwöhnisch.

»Ich bin Dr. Adams. Ich bin hier, weil ich von deinen ungewöhnlichen Umständen gehört habe. Ich glaube, ich kann dir helfen.«

»Können Sie meine Mama finden?« In ihrem Kopf war dies das Einzige, das diesen Albtraum beenden konnte.

»Ich kann es versuchen. Währenddessen kannst du bei mir bleiben. Ich habe ein Zimmer, das perfekt für eine junge Dame wie dich ist.«

Seine nette Miene und sein Angebot verlockten sie.

Die Nonne an der Tür murmelte: »Ich weiß nicht, warum er das Monster will.«

Tränen brannten ihr in den Augen. *Ich bin kein Monster.*

Dr. Adams kniete sich auf Augenhöhe mit ihr, und als würde er ihre Gedanken lesen, sagte er: »Du wirst nur missverstanden. Komm mit mir. Ich verspreche dir, du wirst nie wieder mit den Schwestern zu tun haben müssen.«

Ein Angebot, das sie nicht ablehnen konnte.

Als er eine Hand ausstreckte, ergriff sie diese dummerweise.

Was folgte, waren keine Jahre, an die sie sich erinnern wollte, und bis zu diesem Tag hatten sie ihre Spuren hinterlassen.

Sie schaffte es, den Schaden bis zu dem Tag geheim zu halten, als ein verkommener menschlicher Jäger sie dazu zwang, sich in das Monster zu verwandeln, das sich jahrzehntelang in ihr versteckt hatte.

KAPITEL EINS

Heute

Wow, ich habe es wirklich außerordentlich vermasselt.

Luna hatte sich ernsthaft verkalkuliert. Das war nichts, das ihr oft passierte, und doch stand sie einer harten Wahrheit gegenüber, als sie mit einem menschlichen Jäger konfrontiert war, den sie für lange tot gehalten hatte. Sie war betrogen worden. Aber nicht nur sie, sondern alle Werwölfe.

Der Mann vor ihr, Gerard Kline, hatte sie nicht nur gefangen genommen. Bereits seit Jahrzehnten tötete er ihre Art auf sadistische Weise. Und er war damit davongekommen, da er Hilfe gehabt hatte. Gerards eigenem Geständnis nach hatte ihm jemand geholfen, der eine hohe Stellung im Lykosium-Rat hatte, welcher die Werwölfe und weniger bekannte Arten regulierte. Jemand, dem Luna und alle anderen vertrauten, hatte einen Genozid ermöglicht, und derjenige würde teuer dafür bezahlen. Direkt nachdem sie Gerard getötet und seine flatternden Lippen zum Schweigen gebracht hatte.

In Zeiten wie diesen wünschte sie wirklich, sie würde ein paar Kilo mehr wiegen.

Luna musterte den Mann vor sich und schätzte seine Kraft im Vergleich zu der ihren ab. Sie hatte keine Waffe, und eine kurze Kontrolle zeigte, dass es dem übermütigen Gerard an einer Pistole mangelte. Er hatte nur ein Glas Alkohol auf dem hohen Kneipentisch und zwei Beutel. Sie würde schnell handeln müssen, bevor seine bezahlten Soldaten eingriffen.

Als sie auf ihn zustürzte, sprang ihre Verstärkung, ein gräulicher und mürrischer Werwolf namens Lochlan, für die Tötung dazu. Gerard bewegte sich schneller als erwartet, wobei er seine Hand in einen offenen Beutel gleiten ließ und irgendein Pulver verstreute.

Der wunderschöne Wolf landete bewusstlos auf dem Boden. Nicht tot. Noch nicht.

Gerard grinste Luna triumphierend an. »Sie lernen nie. Willst du mal?« Er vergrub seine Hand im anderen Beutel.

»Das will ich tatsächlich«, murmelte sie.

Dazu entschlossen, nicht demselben Schicksal zu verfallen, hielt Luna den Atem an, als sie durch die Handvoll Staub ging, die Gerard geschleudert hatte. Er funkelte, als er einen Moment lang wie eine Wolke in der Luft hing. Nicht ein Körnchen davon drang in ihren Mund oder ihre Nase ein. Allerdings landete er auf ihren nackten Händen und ihrem Gesicht.

Bevor sie überhaupt geblinzelt hatte, nahm ihre Haut das Pulver und den zerreißenden Schmerz auf, während Feuer durch ihre Adern brannte und ihr einen Schrei entlockte. Die chemische Kettenreaktion in ihrem Körper brannte und sie schnappte nach Luft, als sie dazu gezwungen wurde, sich zu verwandeln. Etwas, das sie seit langer Zeit nicht mehr getan hatte – aus gutem Grund.

Luna versuchte, es zurückzuhalten. Nicht die Kontrolle zu verlieren.

Ihr Kiefer knackte, als er sich neu formte, und als sie von der Bestie in ihr vom Fahrersitz gestoßen wurde, stieß sie ein langes, gespenstisches Heulen aus.

Jetzt sind wir am Arsch.

Das war ihr letzter zusammenhängender Gedanke, bevor sie zum Monster wurde.

KAPITEL ZWEI

Die Bestie erwachte aus ihrem langen Schlaf und brüllte. Es fühlte sich gut an, endlich frei zu sein. Frei, um zu laufen, zu kämpfen. Zu jagen ...

Hunger zog ihr den Magen zusammen. Sie musterte die zweibeinige, weichhäutige Beute vor ihr. Er erwiderte ihr Starren, die Augen vor Angst aufgerissen, und wich wie ein Feigling zurück. Für sie roch er nach Essen.

Sie stürzte los und ihre Klauen schnitten durch Fleisch hindurch. Blut floss und der kupferartige Duft weckte ihre Geschmacksknospen. Wie lange war es her, seit sie frisches Fleisch gegessen hatte?

Zu lange.

Nicht lange genug. Ihr Gedanke, und doch war er es nicht.

Der Mann schrie und versuchte, die Blutung aus seiner Wunde zu stoppen. Lärmende Kreatur. Sie holte erneut aus, schlug ihn zu Boden und hätte vielleicht an ihm geknabbert, wäre da nicht ein eindringender Duft gewesen. Eine Erinnerung daran, dass sie eine andere Aufgabe hatte.

Mein Welpe ist in Gefahr.

Kit.

Der Name hatte keine Bedeutung, aber er ging mit der Notwendigkeit des Schutzes einher.

Mit einem Brüllen lief sie auf das Fenster zu. Glas zerbrach, als sie hindurchstürmte, wobei die Schnitte an ihrer pelzigen Haut lediglich brennende Unannehmlichkeiten waren.

Draußen angekommen, hob sie den Kopf und heulte, eine Warnung für diejenigen, die ihren Welpen jagten, sowie ein Weckruf, dass sie zur Rettung eilte.

Sie folgte dem Duft ihres Welpen in den Wald, der in Schatten getaucht und taufeucht war. Sie lief nicht allein. Ein Wolf folgte ihr, dessen Geruch ihr bekannt war. Sehr angenehm.

Mein.

Ihr Gefährte, der bisher noch nicht markiert war. Das würde sie noch berichtigen, aber erst, sobald sie ihren Welpen gerettet hatte.

Kit.

Erneut schwebte der Name in ihrem Kopf, zusammen mit dem Bild seines roten Fells. Die Erkenntnis verschwand genauso schnell. Sie brauchte keine Worte, wenn sie Duft und Sehkraft hatte.

Während sie sich durch den Wald schlängelte,

hielten die vielen verschiedenen Gerüche sie auf der Spur. Sie zählte viele der weichfleischigen, zweibeinigen Beute. Ihr Duft verbarg beinahe den ihres Welpen.

Sie hatte eine Entscheidung zu treffen. Ihren Welpen aufspüren oder die Weichfleischigen jagen, die Schaden verursachen würden?

Wenn sie die Bedrohung ausschaltete, wäre ihr Welpe sicher.

Töten. Töten.

Das Verlangen nach Blut und Gewalt verlieh ihr Geschwindigkeit. Sie raste durch den Wald, wobei sie gelegentlich auf allen vier Beinen galoppierte und zu anderen Zeiten aufrecht lief und über Hindernisse auf ihrem Weg sprang.

Eine Bewegung erregte ihren Blick und entlockte ihr ein Lächeln. Ihre Beute dachte, er könnte sich verstecken. Er wusste nicht, dass sie den Gestank seiner Angst riechen konnte. Das panische Schnauben seiner Atmung hören konnte.

Sie pirschte sich an den Mann heran, dessen zitternde Hände einen langläufigen Gegenstand hielten, von dem sie wusste, dass es ein Gewehr war.

Duck dich, du Idiot.

Die Waffe knallte und sie knurrte, als Schmerz in ihrer Schulter aufblühte. Aber er war von kurzer Dauer, genau wie der Übeltäter. Ein einziger Schlag ihrer Klauen beendete sein Leben.

Der nächste Mann, den sie jagte, versuchte wegzulaufen. Er entkam ihr nicht. Sie knallte in die zweibeinige Bedrohung hinein und hatte bald den Mund voll Blut. Einer nach dem anderen tötete sie all diejenigen, die dachten, sie könnten ihrem Welpen wehtun. Sie war eine Jägerin und niemand konnte ihr entkommen.

Als keine Gegner mehr übrig waren, hob sie ihre Schnauze zum Mond und heulte ihren Sieg.

Ich habe gewonnen. Der Feind war tot und in ihr pulsierte eine Dringlichkeit.

Ja, du hast gewonnen. Jetzt ist es an der Zeit, wieder schlafen zu gehen.

Sie schüttelte den Kopf. Nein. Sie hatte bereits zu lange geschlafen. Sie wollte frei sein.

Die andere Stimme beharrte: *Genug. Gib mir meinen Körper zurück.*

Sie lief vor der Forderung davon, als würde es helfen. Der silberne Wolf hielt Schritt. Nicht zu nahe, aber nahe genug, um sie im Auge zu behalten. Ihr Gefährte hatte sich während ihrer Jagd klugerweise zurückgehalten und für sie aufgepasst. Er hatte ihre Fähigkeiten bewundert.

Sie trat aus dem Wald heraus und fand einen Teich, dessen Wasser still war und reflektierte. Sie stellte sich darüber. Auf zwei Beinen, nicht auf vieren wie der Wolf in ihrem Rücken oder ihr Welpe.

Als sie sich beugte, um zu trinken, sah sie sich im Wasser – lange, hervorstehende Zähne, funkelnde Augen. *Ich bin ein Monster.* Die Dringlichkeit in ihr schrie laut genug, dass sie heulte.

Eine tiefe Stimme hinter ihr sagte: »Genug davon.«

Sie wirbelte herum und fletschte dem Wolf die Zähne, der jetzt ein Mann war.

Ihr Gefährte schien nicht beeindruckt zu sein und zog eine Augenbraue hoch. »Wirst du auch mein Gesicht fressen?«

Angesichts seines köstlichen Dufts wollte sie ihn in der Tat fressen. Ihr Blick fiel nach unten.

Er umfasste seinen Schritt mit den Händen. »Ich bin nicht diese Art von Würstchen.«

Sie schnaubte vor Belustigung und ein wenig Uneinigkeit. Er hatte definitiv Fleisch, das sie genießen würde.

»Ich sehe, du kannst mich verstehen.«

Das tat sie, und doch war sie verwirrt. Irgendetwas stimmte nicht.

Ich bin kein Monster.

Sie heulte erneut.

»Ja, ich kann sehen, dass du frustriert bist. Aber die gute Nachricht ist, dass das, was dir widerfahren ist, nur vorübergehend ist. Wir werden warten müssen, bis die Wirkung der Droge nachlässt.«

Weitere Worte, die sie begriff und doch nicht verstand. Die Dringlichkeit in ihr pulsierte und sie schlug sich mit den Pfoten auf die Schläfen, als würde das die Stimme in ihr verschwinden lassen.

Das tat es nicht.

Gib mir meinen Körper zurück.

Die Hand, die ihr Gefährte auf ihre Schulter legte,

wurde ihm beinahe abgebissen. Sie zog die Oberlippe zurück, als er sie wegnahm.

»Beruhige dich, Schätzchen.«

Die Bemerkung veranlasste sie dazu, zu knurren und sich so nahe zu ihm zu beugen, dass sie sein Gesicht hätte fressen können.

Der große, zweibeinige Mann gab nicht nach.

»Willst du kämpfen?«

Sie wollte etwas. Der Aufruhr in ihr brauchte ein Ventil.

Er verstand. »Ich kann sehen, dass du noch immer zu viel Energie hast. Ich schätze, wir lassen sie dich besser abarbeiten. Willst du ringen?« Er rollte seine Schultern und ließ seine menschlichen Fingerknöchel knacken.

Sie jaulte vor Belustigung. Als könnte er denken –

Er bewegte sich schnell und geschickt. Sie wurde gepackt und geschleudert. Während sie durch die Luft flog, drehte sie sich und landete auf ihren gebeugten Hinterbeinen. Sie konzentrierte ihren Blick auf den Mann. Nicht voller Zorn, sondern voller Interesse. Vielleicht sollte sie ihn nicht unterschätzen. Immerhin ergab es Sinn, dass ihr Gefährte der stärkste und schnellste aller Männer war.

»Wirst du mir den ganzen Tag lang schöne Augen machen oder werden wir spielen?«, stichelte er, während er die Finger in seine Richtung krümmte.

Obwohl sie erkannte, dass es vermutlich ein Trick war, stürmte sie auf ihn zu. Er trat nicht zur Seite, sondern grunzte, als sie ihre Schulter in seinen Magen stieß. Er packte sie und sie knurrte, als er sie erneut zu Boden warf.

Diesmal erhob sie sich langsamer und musterte ihn, auf der Suche nach einer Schwachstelle. Seine kräftige Gestalt mochte kein Fell haben und er besaß keine Klauen, aber die harten Muskeln zeigten seine Kraft.

Anstatt unüberlegt anzugreifen, streckte sie ihre Pfoten mit den mit Krallen versehenen Zehen aus. Er stellte sich ihrer Herausforderung und legte seine Finger um ihre Unterarme, während sie drückten und zogen, ein Wettbewerb der Entschlossenheit, der sie beide zum Schnauben brachte.

Er überraschte sie, indem er sie eng an seinen Körper zog und sie drehte, sodass er an ihren Rücken gepresst war. Haut an ihrem Fell. Es erregte sie und sie gab ein leises Knurren von sich, als der Duft ihres Interesses die Luft durchdrang.

»Oh nein. Nicht, während du in dieser Gestalt bist«, keuchte er und schleuderte sie von sich.

Während sie auf und ab ging, wurde seine Miene skeptisch. Sie stürzte los und sie rangen erneut. Sie hätte ihm ein paarmal wehtun können, entschied sich aber dazu, ihn nicht zu kratzen. Das war immerhin ihr Gefährte und er sollte nicht verletzt werden. Gleichzeitig würde sie aber auch nicht einfach aufgeben.

Er hakte sein Bein in das ihre ein und sie fielen ineinander verschlungen zu Boden, wobei sie sich rollten, keuchten und grunzten. Auch wenn sie kräftiger war, war er gerissen und verschlagen. Einmal schaffte er es, sie zu drehen und auf ihr zu landen. Er fixierte sie und hielt sie mit seinem schweren Gewicht fest. Sie hätte sich befreien können. Stattdessen wurde sie regungslos.

Sie starrten einander an.

»Fühlst du dich jetzt ruhiger, Schätzchen?«

Nicht ruhig. Sie beugte sich vor und rieb ihre Nase an seinem Hals.

Er spannte sich an. »Sei vorsichtig«, erinnerte er sie nachdrücklich.

Da ihr die Ermahnung nicht gefiel und sein Duft sie berauschte, biss sie ihn.

KAPITEL DREI

»Was zum Teufel soll das?«, brüllte Lochlan, als Luna ihn biss.

Als er sich von ihr befreite, hatte sie ihre Zähne bereits tief in seinem Fleisch vergraben. Er schlug sich mit einer Hand auf die verletzte Haut und knurrte: »Nicht cool, Schätzchen.«

Luna, der es scheinbar nicht leidtat und die sich noch immer in ihrer zweibeinigen Hybridform befand, sprang auf die Füße und knurrte ebenfalls, was angesichts all ihrer Zähne, die zwei übergroße, säbelartige Fangzähne beinhalteten, beeindruckend war.

Erneut fiel ihr Blick auf seinen Schwanz und er hasste die Tatsache, dass er halb erregt war. Er gab die Schuld ihrem Duft. Er musste nicht verwandelt sein, um ihr Interesse zu riechen. Aber er stand nicht nur nicht auf pelziges Vögeln, er wusste auch, dass Sex mit Luna ein Fehler wäre.

»Das wird nicht passieren, Schätzchen«, sagte er. »Wir wissen beide, dass wir es bereuen würden.«

Trotz ihrer Wildheit, verursacht durch die Droge, die sie dazu gezwungen hatte, sich nur zur Hälfte zu verwandeln, verstand sie genug, um seine Antwort nicht zu mögen. Mit einem scharfen Bellen stürmte sie in den Wald.

Schon wieder? Er seufzte. Er wollte sie nicht verfolgen, aber welche Wahl hatte er?

»Verdammt noch mal«, murmelte er.

Lochlan hatte einen höllischen Tag. Zum Teufel, eine höllische Woche. Er hätte nie die Farm verlassen sollen, wo er es sich behaglich gemacht hatte. Er hätte nie zu dem Ausflug aufbrechen sollen, der ihn in den Wald voll mit getarnten Jägern geführt hatte, die alle tot waren, weil die durchgeknallte Luna – eine Frau, die er erst vor wenigen Tagen kennengelernt hatte – Amok gelaufen war.

Was die Sache anging, warum er überhaupt dort gelandet war?

Poppy, ein Mädchen, das für ihn wie die Tochter war, die er nie gehabt hatte, und ein Mitglied seines Rudels, hatte seine Hilfe gebraucht und er konnte nicht Nein sagen. Es sollte eine einfache Mission sein. Einen Jäger namens Gerard finden, der im Wald lebte, und sein verkommenes Dasein beenden. Stattdessen waren sie alle gefangen genommen worden.

Es stellte sich heraus, dass sie Gerard unterschätzt hatten. Der Kerl hatte nicht nur ein paar

Leute als Sicherheitsdienst eingestellt, er hatte auch den Dienst einer Milizgruppe in Anspruch genommen, um ihn in seiner Jagdhütte zu beschützen. Gerard hatte guten Grund, Sicherheitsmaßnahmen zu benötigen, da er Werwölfe entführt hatte, damit er und seine Freunde sie jagen konnten. Der Mann, äußerster Abschaum, musste erledigt werden.

Der Angriff durch Lochlan und eine Gruppe, die Hammer, Luna, Darian und Poppy beinhaltete, war zu einem Hinterhalt geworden. Lochlan war an die Wand eines Kellers gekettet aufgewacht, der voller Käfige mit Leuten darin war. Seine Leute. Gestaltwandler wie er, die es nicht verdient hatten, wie Tiere behandelt zu werden.

Neben ihm war Luna angekettet gewesen. Er hatte sie erst vor wenigen Tagen getroffen. Tage, die er mit dem Kampf gegen die sofortige Anziehung verbracht hatte. Tage, während derer er zu der widerwilligen Erkenntnis gekommen war, dass sie seine Gefährtin war.

Hmpf. Das war definitiv nichts, woran er Interesse hatte, trotz der Art, wie er Luna immer wieder Blicke zugeworfen hatte, während sie gefesselt gewesen waren.

Sie war eine gut aussehende Frau, ungefähr in seinem Alter, mit interessanten Augen und deutlicher Haltung. Er hatte gedacht, je früher er sie und die anderen befreite, desto schneller könnte er ihrer beunruhigenden Anwesenheit entfliehen – bevor er an ihrem Hintern schnüffelte oder Schlimmeres tat.

Als wäre das nicht bereits genug gewesen, hatte dieses Arschloch Gerard ein Pulver auf Luna geschleudert, das sie zur Verwandlung zwang.

Und mit *Verwandlung* meinte er nicht in einen Wolf. Okay, nicht ganz richtig. Sie *war* ein Wolf, auf die Art, auf die ein Dinosaurier mit einem Krokodil verwandt war. Sie hatte das Fell, die lange Schnauze, die Ohren und das Knurren, aber dazu kam die Tatsache, dass sie aufrecht stehen konnte, säbelartige Zähne und Klauen wie ein Honigdachs hatte, und na ja ...

Sie war noch interessanter geworden.

Gefährlicher.

Irgendwie mörderisch.

Und aufgrund der ganzen Gefährtensache auch zu seiner Verantwortung.

Lochlan hatte sie verfolgt und zugesehen, wie Luna – alias Mega-Werwolf – den Jäger zerfetzt hatte, der sie gefangen genommen hatte. Als sie aus dem Haus gestürmt war, war es nicht schwer gewesen, ihr zu folgen. Zum einen hatte es viele Schreie und ja, auch Blut gegeben. Aber selbst ohne das hätte er sie aufgrund ihres Dufts mühelos aufgespürt. Er war ihr gefolgt, während sie eigenhändig – oder eigenpfötig? – eine Gruppe bewaffneter Männer ausgeschaltet hatte.

Dann hatte sie ihn an der Nase herumgeführt, was damit endete, dass die beiden rangen und sie ihn biss. Kein *Ich will dir die Kehle rausreißen* Biss, sondern von der markierenden Art, der einige altmodische Werwölfe gern frönten, um ihren Anspruch auf ihren Gefährten zu zeigen.

Und sie hatte es mit ihm getan.

Was bedeutete, dass die Gefährtensache nicht einseitig war, wie er gehofft hatte. Wie konnte das passieren?

Und wohin zur Hölle war sie jetzt verschwunden?

Mit einem weiteren leidgeprüften Seufzen der Verärgerung verfolgte Lochlan Luna. Sie war nicht weit gegangen. Er fand sie zusammengerollt unter einem Baum, wo sie auf weichem Moos lag und leise vor Erschöpfung schnarchte. Sie würde vermutlich mit riesigem Hunger aufwachen. Leute zu töten machte ihm immer Appetit.

Er hockte sich an ihre Seite und sagte leise ihren Namen. »Luna? Komm schon, Schätzchen. Wir müssen zurück zu den anderen.«

Luna schlief weiter.

»Ernsthaft. Wach verdammt noch mal auf. Ich werde zu alt, um schlaffe Körper rumzuschleppen.« Für gewöhnlich seine betrunkenen Freunde. Es brauchte aufgrund ihres Stoffwechsels viel, um einen Werwolf betrunken zu machen, aber mit Hingabe und Mondlicht war es möglich.

Wenigstens wog sie nicht so viel wie Hammer oder Amarok. Er würde sie nur tragen müssen, bis er Kit fand. Sollte der Junge sich um seine Mutter kümmern. Es war nicht seine Aufgabe.

Lochlan wollte einfach nur zurück nach Hause, wo keine Frau mit den seltsamsten Augen und dem süßesten Duft wäre, die ihn an das erinnerte, was er niemals haben konnte.

Ihre einzige Reaktion, als er sie in die Arme nahm? Ein leises Grummeln und ein Reiben an seiner Haut. Luna war leichter als erwartet, trotz ihrer ausgedehnten, pelzigen Gestalt.

Während er sie in seinen Armen schleppte, bemerkte er eine Stille im Wald. Angesichts der Schlacht, die soeben stattgefunden hatte, war das nicht ungewöhnlich. Dennoch veränderte er seinen Griff um Luna, sodass sie auf seiner Schulter hing und ihm das Joggen erleichterte.

Gefahr prickelte in seinem Nacken. Seine Sinne waren in höchster Alarmbereitschaft, obwohl er nichts Unerwünschtes hörte oder sah.

Der Eindringling kam von oben. Eine Gestalt, von Kopf bis Fuß in Schwarz gekleidet, fiel zu Boden und richtete eine Waffe auf seine Brust. Hinter einer ihn verbergenden Sturmhaube brüllte die Person: »Lass sie fallen.«

Lochlan neigte den Kopf. »Das glaube ich nicht.« Er schnupperte in dem Versuch, ein Gefühl für den menschlich geformten Fremden mit der tiefen Stimme zu bekommen. Es gab keinen Duft. Einer von Gerards Männern? Oder jemand anderes? »Wer bist du?«

»Das geht dich nichts an.«

»Es geht mich irgendwie etwas an, denn wenn du

zu diesem Deppen Gerard gehörst, dann, nun ja, haben wir ein Problem.«

»Ich arbeite für das Lykosium und habe Befehle, die Frau zurückzubringen, die du trägst.«

»Du bist auf Befehl des Lykosiums hier?« Lochlan wiederholte die Information nur, weil sie ihn überrascht hatte. »Beweise es.« Er hatte bereits vor langer Zeit seine Lektion gelernt, niemals blind zu gehorchen, besonders wenn sich etwas an seiner Situation seltsam anfühlte.

Der maskierte Fremde blaffte: »Ich muss gar nichts beweisen. Gib sie sofort her oder stell dich den Konsequenzen.«

»Warum willst du sie? Hat sie ein Verbrechen begangen?«

»Der Grund geht dich nichts an.«

Der Fremde hatte recht. Das tat er nicht. Dennoch ... irgendetwas stank hier schlimmer als der Sumpf hinter der östlichsten Wiese. »Weißt du, wer sie ist?«, fragte er. Keiner von beiden hatte sie beim Namen genannt.

»Luna Smith, Mitglied des Lykosium-Rats, und mein Befehl besteht darin, sie mit allen nötigen Mitteln zurückzuholen.« Die deutliche Drohung wurde von einer Bewegung der Waffe begleitet, sodass sie auf Lochlans Kopf gerichtet war.

Es wäre einfach, sie zu übergeben und seine Hände von der Situation reinzuwaschen.

Sie ist wehrlos. Und er würde sich nicht gut dabei

fühlen, sie zu übergeben, während sie bewusstlos war. Besonders nicht an einen Fremden. »Woher weiß ich, dass du nicht einer der Kumpel des Jägers bist?«

»Ich bin nicht Teil der Gruppe, die sie getötet hat. Sie wird sich heute hier für ihre Taten verantworten.«

»Für was verantworten? Sie hat Werwolfleben gerettet.«

»Sie hätte nicht hier sein sollen.«

Da zog er die Augenbrauen hoch. »Was soll das genau bedeuten? Denn wenn sie nicht aufgetaucht wäre, dann wären jetzt einige unserer Art tot.«

»Genug davon. Du wurdest hinreichend gewarnt. Entweder gibst du nach oder stellst dich den Konsequenzen.« Die Mündung der Waffe gab einen Hinweis darauf, worin diese bestehen würden.

Lochlan hatte aus dieser Unterhaltung genug aufgeschnappt, um drei Dinge zu wissen: a) er mochte diesen Mistkerl nicht, b) er würde Luna nicht übergeben, und c) entweder Lochlan oder dieser maskierte Fremde würden diesen Wald nicht lebendig verlassen. Hoffentlich war das Testament dieses Idioten aktuell.

»Fick dich, Arschloch.« Lochlan spielte nicht einmal den Netten.

»Falsche Antwort.« Als der Mann begann, Druck auf den Abzug auszuüben, entschuldigte Lochlan sich innerlich bei Luna und schleuderte sie auf den Kerl.

Der Fremde erschrak und zuckte, als er einen wilden Schuss abgab, was Lochlan genügend Zeit verschaffte, um ihn zu Boden zu reißen. Schnell gewann er die Oberhand, fluchte jedoch, als er bemerkte, dass der Kerl nicht allein war.

Die erste Kugel versengte seine Schulter und er atmete zischend ein. Er rollte sich ab, bevor die zweite abgefeuert wurde. Er brauchte nur einen Moment, um den Scharfschützen im Baum zu entdecken, der zielte. Er lief im Zickzack, wobei er es hasste, dass sein Schwanz und seine Eier frei schwangen. Allerdings war dies ein Fall, bei dem vier Beine nicht so gut funktionieren würden wie zwei. Denn Wölfe konnten nicht klettern.

Er sprang zu dem Ast unterhalb des Schützen, der nach unten zielte und erneut verfehlte. Lochlan ließ den Ast los, den er gebeugt hatte, sodass dieser gegen den darüber schnellte. Der Scharfschütze verlor den Halt und fiel, wobei er mit dem Kopf hart auf einem Stein aufschlug. Das funktionierte.

Als Lochlan herumwirbelte, sah er, wie der erste Angreifer zielte. Er feuerte, die Waffe auf Automatik eingestellt. *Rat-tat-tat.* Lochlan grunzte, als ihn eine Kugel in die Schulter traf. Verdammt. Er fiel zu Boden, um in Deckung zu kriechen, als sich zwei weitere Mistkerle der Party anschlossen.

»Wo ist er hin?«

»In die Büsche.«

Was zu weiterem blinden Feuer führte – auf den falschen Busch, aber es würde nicht lange dauern, bis sie das erkannten. Ganz zu schweigen davon, dass er Luna zurückgelassen hatte.

Seine Schulter pochte, aber er ignorierte es, während er sich mental darauf vorbereitete, etwas Dummes zu tun.

Die Schüsse hörten abrupt auf und er hörte ein Rufen. »Sie ist wach!«

Dann ertönte ein Schrei, lang und schmerzerfüllt. Ein Blick zeigte Lochlan, dass Luna dem ersten Angreifer in die Rückseite des Beins biss. Die Ablenkung, die sie bot, bedeutete, dass er auf einen der Neuankömmlinge zusprinten konnte, der wild zu feuern begann, als sie den Blick auf ihn richtete. Eine Kugel traf sie in den Oberschenkel und sie bleckte die Zähne, gerade als Lochlan den Kerl zu Boden riss.

Ein paar Schläge, und der Typ wurde bewusstlos. Dem Gurgeln hinter ihm nach zu urteilen kümmerte Luna sich um den vierten Angreifer, also nahm Lochlan sich eine Minute, um sein Opfer von seiner Hose und seinem Hemd zu befreien. Beides saß etwas enger, als ihm lieb war, aber es war besser, als mit frei schwingendem Schwanz durch den Wald zu laufen. Die Schuhe hingegen waren eine aussichtslose Sache. Wer zum Teufel trug die winzige Größe siebenundvierzig?

Als Lochlan sich schließlich in seinem schlecht sitzenden Ensemble aufrichtete, war es gerade rechtzeitig, um zu sehen, wie Luna schwankend über einer Leiche stand, als die Erschöpfung versuchte, sie wieder nach unten zu ziehen.

Die Droge löste endlich ihren Griff um sie. Ihre

Bestie schrumpfte und das Fell verschwand, bis nur eine nackte menschliche Frau zurückblieb, deren Haut frei von jeglichen Markierungen war. Seltsam, da er wusste, dass sie mindestens eine Schussverletzung erlitten hatte.

Sie blinzelte ihn an, während sie auf den Füßen taumelte und lallte: »Waren das die letzten Jäger?«

»Die Jäger sind schon lange tot. Diese Kerle haben behauptet, sie seien vom Lykosium.«

»Also ist es wahr«, flüsterte sie mit gequälter Miene. »Es passiert.«

»Was passiert?«

»Keine Zeit. Ich muss gehen, bevor sie mich erwischen.«

»Warum sollte das Lykosium hinter dir her sein? Hast du etwas getan?«

Sie antwortete nicht, als sie zu gehen begann, nur um zu stolpern und zu fallen. Sie landete hart auf dem Boden und versuchte, wieder aufzustehen.

»Lass mich dir helfen.« Er nahm sie in die Arme. Ihr Kopf fiel an seine Schulter.

Er dachte, sie wäre bewusstlos, bis sie sagte: »Danke, dass du mir das Leben gerettet hast.«

»Du hast den Großteil des Tötens übernommen.« Er war lediglich ein Zuschauer gewesen.

Sie prustete. »Du meinst wohl, das Monster hat das getan.« Eine seltsame Art, von sich selbst zu sprechen.

Anstatt zu der Hütte zurückzukehren, der sie

entflohen waren, ging er zu dem Geländewagen, den sie mit Diskretionsgedanken im Wald geparkt hatten. Bei ihrer Ankunft sagte er: »Lass uns Kleidung für dich finden.«

Denn eine nackte Luna war extrem ablenkend.

Während Luna damit kämpfte, ein Hemd anzuziehen, machte er sein Versteck an Habseligkeiten ausfindig. Lochlan nahm nur seine Schuhe, anstatt die Kleidung des toten Mannes auszuziehen. Er würde sich seine sauberen Sachen aufheben, bis er geduscht hatte.

Als er fertig war, stellte er fest, dass Luna sich in den Ärmeln ihres Hemdes verheddert hatte und an den Geländewagen gelehnt war, als wäre dieser das Einzige, das sie aufrecht hielt.

»Lass mich dir helfen.«

»Ich brauche keine Hilfe.« Sie zuckte zurück und fiel beinahe um.

Anstatt eine Bemerkung über ihre Dummheit zu machen, packte er sie und half ihr dabei, ihre Arme zu befreien und dann ihren Kopf durch den Ausschnitt am Hals zu schieben.

Diesmal dankte sie ihm nicht. Zum Teufel, sie konnte kaum den Kopf oben halten und ihre Augen waren kaum noch Schlitze.

»Setz dich, während ich dir eine Hose suche.«

»Ich kann sie selbst suchen.« Zitternd und blass wühlte Luna durch ihre Tasche im Laderaum des Wagens und er schüttelte den Kopf über ihre sture

Weigerung, zuzugeben, dass sie nicht in Ordnung war.

»Du musst dich ausruhen. Die Droge, die Gerard dir gegeben hat, hat dich schwächer als ein Neugeborenes gemacht.«

»Keine Zeit zum Ausruhen. Ich muss gehen. Jetzt.« Ein inbrünstiger Ausruf, der im Gegensatz zu ihren einknickenden Knien stand.

Erneut fing er sie auf. »Du befindest dich in keinerlei Zustand, um zu fahren. Lass uns deinen Sohn finden.« Denn sobald Lochlan Luna auf Kit ablud, konnte er sich seine Hände von ihr reinwaschen.

»Nein! Ich muss von Kit fernbleiben. Von allen. So ist es sicherer.«

Als sie mit den Schlüsseln für den Geländewagen klimperte, platzte er heraus: »Willst du einfach weglaufen? Was ist mit Kit?«

»Ich werde eine Nachricht hinterlassen.« Sie schaffte es, ihr Zittern lange genug zu unterdrücken, um auf ein Stück Papier zu kritzeln, das sie von einem Notizblock in ihrer Tasche gerissen hatte. Die Nachricht war einfach und knapp.

Vertraue nicht den Jawas. Bin bald zurück.

»Was zur Hölle soll das bedeuten?«

»Er weiß, wer die Jawas sind.«

»Das ist alles? Du wirst es nicht erklären?«

»Kit wird es verstehen. Es ist nicht das erste Mal, dass ich von der Bildfläche verschwinde.« Sie fiel beinahe um, als sie die Heckklappe des Geländewagens schloss.

Als sie die Absicht zeigte, sich hinter das Steuer zu setzen, sagte er: »Du befindest dich nicht in dem Zustand, um zu fahren. Ich würde wetten, dass du es keinen Kilometer die Straße runter schaffst, bevor du einen Unfall baust.«

»Ich bin stärker, als du denkst.«

Daran hatte er keinerlei Zweifel, aber selbst die stärkste Person hatte Grenzen. »Ich komme mit dir.«

»Auf keinen Fall«, beharrte sie. Es war das Letzte, was sie sagte, bevor ihre Augen nach innen rollten und sie ohnmächtig wurde.

Verdammt.

Lochlan hatte in diesem Moment eine Wahl. Er konnte den Rest der Gruppe finden und sich von Luna befreien, indem er sie an Kit übergab. Oder ... Mit der Erinnerung an den Angriff im Wald und an Lunas Angst, eine Angst, von der er wetten würde, dass sie sie selten zeigte, fuhr er letzten Endes mit einer halb nackten Frau auf dem Rücksitz los.

KAPITEL VIER

Sie wachte auf der Rückbank eines Wagens auf, mit pochendem Kopf und trockenem Mund.

Sie drückte sich hoch und bemerkte, dass der Fahrer ein schroffes Profil hatte und sein Haar grau meliert war, genau wie sein Bart. Er kam ihr bekannt vor, auch wenn sie ihn nicht einordnen konnte.

»Wer bist du? Wo bringst du mich hin?«, fragte sie und legte eine Hand auf ihre Augenbraue, um daran zu reiben.

Der Mann sah sie im Rückspiegel an. »Wird auch Zeit, dass du aufwachst.«

»Wer bist du? Und was das betrifft, wer bin ich?«

»Du solltest nicht trinken, wenn du bewusstlos wirst.«

»Ich habe getrunken?« Das klang falsch. Sie hätte schwören können, dass sie es niemals übertrieb.

»Das haben wir beide nach der Hochzeit.«

»Welche Hochzeit?«

Seine grimmige Antwort? »Unsere.«

Sie blinzelte, schluckte und setzte sich auf. »Du bist mein Mann?« Das konnte nicht wahr sein.

»Ich habe sogar den Biss, um es zu beweisen.« Er neigte den Kopf, um die deutliche Markierung zu zeigen, die Zähne an seinem Hals hinterlassen hatten.

»Ich habe das getan?« Ungläubigkeit ließ die Tonlage ihrer Frage in die Höhe schießen.

»Jup.«

»Und haben wir ...« Denn ein Biss war nicht das, was ein Paar wirklich zu Gefährten machte. Es war Sex nötig, um die chemische Bindung zu festigen. Da sie nur ein Hemd und nichts als eine um sie gewickelte Decke trug, schien es wahrscheinlich, dass sie gevögelt hatten. Aber sollte sie sich nicht daran erinnern? *Bitte lass mich nicht mit einem Mann gepaart sein, der schlecht im Bett ist.*

»Ich bin verletzt, Schätzchen. Du hast mir gesagt, ich sei der Beste, den du je hattest.«

Sie verzog die Lippen. »Vielleicht war ich nur nett.«

»Als du mich während deines Höhepunkts gebissen und gekratzt hast?«

Ihr Mund wurde rund. Das klang ihr wirklich gar nicht ähnlich. Und wie war es möglich, dass sie sich an nichts erinnerte? »Wie viel genau habe ich getrunken?«

»Hast du nicht. Du wurdest unter Drogen gesetzt.«

Das Geständnis veranlasste sie dazu, sich von ihm weg zu lehnen. »Wer bist du und was hast du mit mir gemacht?«

Er prustete. »Beruhige dich, Schätzchen. Ich war nicht derjenige, der es getan hat. Ich habe dich lediglich zum Spaß verarscht.«

»Was?« Sie blinzelte.

»Wir sind nicht verheiratet.«

»Ich bin so verwirrt. Wer bist du? Wer bin ich?« Sie rieb sich die Stirn in dem Versuch, den Schmerz in ihrem Kopf zu lindern.

»Ich bin Lochlan, Mitglied des Feral Packs aus Nord Alberta, und du bist –«

»Luna Smith«, murmelte sie, als ihre Erinnerungen träge zurückkehrten, zusammen mit dem letzten deutlichen Bild, das sie von Gerard hatte, wie er ihr Staub ins Gesicht blies. »Dieser Mistkerl hat mir etwas angetan.«

»Jup. Das Arschloch hatte eine chemische Verbindung, die dich dazu gezwungen hat, dich in irgendeine Art von hybrider Wolfsbestie zu verwandeln.«

»Was?« Ihr Mund wurde noch trockener. Das konnte nicht sein. Es war Jahrzehnte her, seit sie …

»Du hast dich in eine Wolffrau verwandelt und auf eine wirklich epische Randale im Wald begeben. Deinem Gesichtsausdruck nach zu urteilen erinnerst du dich nicht.«

Sie schüttelte den Kopf. »Nicht wirklich, nur an Kleinigkeiten.« Aufblitzen der Farbe Rot, Schreie. »Was ist passiert?«

»Nun, zum einen hast du eigenhändig die Armee des Arschlochs ausgeschaltet.«

Das erklärte den kupferartigen Geschmack in ihrem Mund, während die Verwandlung ihre teilweise Nacktheit erklärte. Sie zog die Decke höher über ihre nackten Beine. »Gab es Verluste auf unserer Seite?«

»Weiß ich nicht. Du hast uns zum Aufbruch gezwungen, bevor wir nach irgendjemandem gesehen haben.«

»Was? Das würde ich niemals tun. Nicht, ohne nach Kit zu sehen.«

»Du hast darauf bestanden. Du hast ihm eine Nachricht mit dem Inhalt hinterlassen: ›Vertraue nicht den Jawas‹, was keinen Sinn ergibt, weil die einzigen Jawas, die ich kenne, in den *Star-Wars*-Filmen sind.«

»Das ist eine Codesache zwischen Kit und mir.« Er wusste, dass es für den Lykosium-Rat stand. Als kleiner Junge hatte er den Mitgliedern den Spitznamen gegeben. Zu seiner Verteidigung, sie sahen irgendwie aus wie die *Star-Wars*-Kreaturen, da der Rat Roben mit Kapuze trug. Und manche von ihnen hatten glühende Augen. »Habe ich in der Nachricht noch etwas geschrieben?«

»›Bin bald zurück.‹ Was verdammt schwammig war, wenn du mich fragst.«

»Da stimme ich dir zu. Wir sollten zurückgehen

und sicherstellen, dass Kit und die anderen nicht unsere Hilfe brauchen.«

»Es ist alles in Ordnung. Amarok und ich haben ein paar Nachrichten ausgetauscht, bevor ich mein Handy weggeworfen habe. Er sagte, alle wären geflohen, einschließlich derer, die wir gefangen in Gerards Keller gefunden haben. Der Mistkerl wollte sie seinen Freunden als Haustiere verkaufen.«

Sie erinnerte sich an den Gestank von Angst und Verzweiflung in diesem Keller. Selbst ohne die Droge hätte sie Gerards Wachen getötet. »Ist er tot?«

»Ja. Er und die anderen Leichen wurden ins Haus geworfen, bevor Amarok es in Brand gesteckt hat, um alle Beweise zu vernichten.«

Schnelles Denken vom Alpha des Feral Packs. »Auch wenn ein Feuer gut ist, sollte ein Säuberungsteam gerufen werden, und das Lykosium wird einen Bericht wollen.«

»Was den Rat angeht ...« Lochlan trommelte mit den Fingern auf dem Lenkrad. »Gibt es einen Grund, warum das Lykosium dich festnehmen wollen sollte?«

Ihr Mund wurde rund. »Warum fragst du das?«

»Weil eine Milizgruppe im Wald verlangt hat, dass ich dich übergebe.«

Ihr Magen zog sich zusammen. »Warum denkst du, sie waren vom Lykosium?«

»Das haben sie behauptet. Sie sagten, sie hätten den Befehl, dich zu holen.«

»Ich nehme an, du hast dich geweigert zu

gehorchen.«

»Irgendetwas daran schien mir nicht richtig zu sein.«

»Gute Sache, denn du hast mir wahrscheinlich das Leben gerettet.« Dann fügte sie leiser hinzu: »Danke.«

»Bah. Mir hat ihr Tonfall nicht gefallen.« Er spielte die Tatsache herunter, dass er sich gegen das regierende Organ der Werwölfe gestellt hatte. Unter normalen Umständen war mit dem Lykosium nicht zu spaßen.

»Ich schätze, das Zusammentreffen mit den Leuten des Lykosiums ist der Grund, warum wir nicht bei den anderen sind?«

»Wir sind nicht bei den anderen, weil du mir, bevor du bewusstlos wurdest, gesagt hast, du müsstest von allen wegkommen. Irgendetwas darüber, dass du in Gefahr bist.«

Sie schenkte ihm ein ersticktes Lachen. »Eine Gefahr, die dich jetzt mit einschließt, da sie denken werden, dass du mein Komplize bist.«

»Komplize bei was?«

»Dabei, ein Vermittler der Wahrheit zu sein.« Bevor er fragen konnte, erklärte sie: »Im Lykosium ist etwas faul. Das vermute ich bereits seit einer Weile, habe aber gehofft, ich läge falsch.« Sie hatte nichts als ein nagendes Gefühl gehabt, das sie nicht einmal mit ihrem Sohn geteilt hatte. Sie hatte gehofft, es in ihrem hohen Alter der Paranoia zuschreiben zu können.

»Ich nehme an, es hat sich etwas verändert?«, hakte

er nach.

»Ja. Diese Situation mit Gerard? Ich glaube, dass jemand ihm Informationen gegeben und seine Verbrechen vertuscht hat. Kit ist zufällig darüber gestolpert und hat Ermittlungen begonnen. Trotz meiner Vorsichtsmaßnahmen muss der Verräter es herausgefunden und Gerard gewarnt haben, dass wir kommen.«

»Das würde den Hinterhalt erklären.«

»Ein Hinterhalt, den ich hätte voraussagen müssen.« Sie gab sich selbst die Schuld. Mit dem Wissen, dass sie einen Verräter in ihrer Mitte hatten, hätte sie versuchen sollen, Kit davon abzubringen, die kürzliche Dezimierung eines Rudels durch unbekannte Gründe zu untersuchen. Als hätte das Kit aufgehalten. Er hatte hartnäckig darauf bestanden, während sie seine Funde dem Rat gegenüber heruntergespielt hatte, weil sie dort einen Spion vermutete. Sie hatte richtiggelegen und sie hätten beinahe den Preis dafür bezahlt.

»Hast du irgendwelche Beweise für einen Maulwurf?«, fragte Lochlan.

Sie schüttelte den Kopf. »Nein. Nur ein Bauchgefühl und Dinge, die nicht zusammenpassen. Zum Beispiel, du weißt doch, dass Kit gewisse Fälle von Rudeln untersucht hat, die schneller Mitglieder verloren haben, als Unfälle, natürliche Tode und Abwandern es hätten erklären können. Es stellte sich heraus, dass die Vermissten entführt und als Sport gejagt wurden, das abscheulichste aller Verbrechen.

Und es hätte niemals passieren sollen. Wir hätten darauf aufmerksam gemacht werden sollen, da das Verschwinden ein verstörendes Muster hatte.«

»Jemand hat es vertuscht.«

Sie nickte. »Was auf Verrat auf höchster Ebene hindeutet.«

»Und diese Person weiß, dass du ihr auf der Spur bist, weshalb sie ein Team nach dir geschickt hat.«

»Wahrscheinlich. Wenn ich tot wäre, könnte der Verräter sein Geheimnis vielleicht wahren.«

»Also glaubst du Gerard und seiner Behauptung, dass es Kits Vater war?« Er bezog sich auf das, was der menschliche Jäger ihnen erzählt hatte. Etwas dahingehend, dass Kits Vater seine eigene Familie betrogen hatte, dass er nie gestorben war und in Wirklichkeit für das Lykosium arbeitete. Sie hasste es zu denken, dass jemand, der für den Schutz der Werwölfe und anderer verantwortlich war, in eine solch abscheuliche Verschwörung verwickelt war. Auf der anderen Seite wäre es derselbe Mann, der seine Familie praktisch an einen Mörder übergeben hatte, um sich selbst zu retten.

»Ich weiß nicht mehr, was ich glauben soll, außer, dass jemand mich verschwinden lassen will.«

»Verschwinden, aber vielleicht nicht sterben lassen.«

»Was meinst du?«

»Sie hätten uns jederzeit erschießen können. Du hast wie ein Stück Fleisch über meiner Schulter gehangen. Sie haben erst zu schießen begonnen – auf mich, wie ich hinzufügen sollte –, als ich die Kooperation verweigert habe.«

»Ich dachte, du hättest gesagt, sie haben mich angeschossen?«

»Ins Bein. Ein Durchschuss. Wohl kaum eine tödliche Wunde. Sie wollten dich lebendig.«

»Es ist nicht gut, dass sie so offensichtlich hinter mir her waren«, murmelte sie, während sie an der Spitze ihres Daumens knabberte.

»Was du nicht sagst. Jetzt, da du wach bist, ist es vielleicht an der Zeit zu fragen, wie der Plan aussieht.«

»Ich setze dich ab und du gehst nach Hause.«

Er prustete. »Du bist witzig.«

»Ich mache keine Witze.«

»Und ich gehe nicht.«

Sie versuchte, ihre Freude darüber zu verdauen, dass er sich weigerte zu gehen. Sie brauchte seine Hilfe nicht. Gleichzeitig wäre es schön, nicht allein zu sein. »Du wirst in Gefahr sein, wenn du bei mir bleibst.«

»Was auch immer. Ich frage noch einmal, wie sieht der Plan aus? Wo gehen wir hin?«

»Ich weiß es nicht.« Das tat sie wirklich nicht. Sie konnte dem Lykosium nicht vertrauen, nur Kit, und bis sie mehr wusste, würde sie ihn nicht in Gefahr bringen.

»Wir können nicht einfach weiterfahren. Wir werden irgendwann Benzin und Nahrung brauchen. Ganz zu schweigen davon, dass die Polizei sich über die halb nackte Braut bei mir wundern wird, falls ich angehalten werden sollte.«

»Das lässt sich mühelos ändern. Meine Tasche ist im Kofferraum.«

»So kann man auch meine Hoffnung ruinieren, dass du so tun würdest, als wäre ich einfach so verdammt heiß, dass du deine Kleidung ausziehen musstest.«

Sie prustete. »Das klingt vielleicht in den Pornos plausibel, die du dir ansiehst, aber in der echten Welt tragen Frauen meines Alters für gewöhnlich Schichten, die sie im Falle einer Hitzewallung ausziehen können.«

Er grinste. »Solange du verschwitzt bist, würde ein Polizist mir wohl glauben.«

»Mit dir stimmt was nicht«, brummte sie, während sie sich auf der Suche nach ihrer Tasche über den Rücksitz lehnte.

»Ich nehme an, du hast da hinten nichts zu essen? Ich bin am Verhungern.«

So etwas sagten nur Männer, aber es stimmte auch für sie. Ihr Magen beschwerte sich, als hätte sie seit Tagen nichts mehr gegessen. »Ich fürchte, wir haben nichts zu essen. Wir müssen anhalten, um Proviant zu besorgen.«

»Das ist ganz einfach. Hast du Bargeld dabei? Eine Kreditkarte kann zurückverfolgt werden.«

»Dessen bin ich mir bewusst. Ich habe ein bisschen Geld, um uns über die Runden zu bringen. Wenn wir es in eine Stadt schaffen, kann ich Vorkehrungen für mehr treffen.«

»Was für Vorkehrungen? Denn wenn das Lykosium nach dir sucht, werden die Mitglieder sicher auch deine Kontakte und Finanzen überwachen.«

Seine misstrauische Art erklärte, warum er sein Handy weggeworfen hatte. Sie warf einen Blick auf ihre Tasche, in der ihr eigenes Handy vergraben war. Nur wenige Leute hatten ihre Nummer, aber nur für den Fall ... Sie zog die Tasche über den Sitz, um darin zu wühlen.

Er räusperte sich. »Ich schätze, jetzt ist ein guter Zeitpunkt, um zu erwähnen, dass ich die SIM-Karte und den Akku aus deinem Handy entfernt habe. Ich dachte, das wäre so sicher, wie ich es machen konnte.«

»Warum hast du das nicht auch bei deinem gemacht?«

Sein Lächeln wurde schief, als er sagte: »Ich habe die SIM-Karte herausgenommen, konnte aber die Verkleidung nicht öffnen, um den Akku zu entfernen. Also habe ich den einfachen Weg gewählt und es zerstört. Mach dir nichts draus. Ich kann das Ding nicht ausstehen. Ich hatte es nur, weil Amarok darauf bestand, dass jeder im Rudel eins bekommt.«

»Das war klug.« Sie wusste nicht mehr, wem sie vertrauen konnte – außer Kit natürlich. Und sie wusste nicht genug über Lochlan, um ihm zu vertrauen. Aber in Anbetracht der Situation war er die einzige Person, auf die sie sich im Moment verlassen konnte.

»Wird dein Rudel sich Sorgen machen, dass du nicht wieder zu ihm gestoßen bist?«, fragte sie.

»Ich habe Amarok eine kurze SMS geschickt, bevor ich mein Handy losgeworden bin. Darin stand, dass es mir gut geht und ich mich bald wieder melde.«

»Und du glaubst, er wird das akzeptieren?«

»Amarok, ja. Und die anderen? Ich bin sicher, dass sie Probleme mit meinem Verschwinden haben werden. Sie können aber nicht viel dagegen tun. Ich erkläre es ihnen, wenn ich zurückkomme.«

»Wir können nicht zulassen, dass sie für uns herumschnüffeln. Du musst sie vielleicht kontaktieren und ihnen eine Tarngeschichte auftischen, falls das Lykosium sie befragt.«

»Glaubst du, sie werden hinter meinem Rudel her sein?«, fragte er scharf.

Sie zuckte mit den Schultern. »Ich weiß nicht, was sie tun werden. Vor einer Woche hätte ich noch gesagt, dass sie niemals so etwas Abscheuliches tun würden, wie einem Mörder zu helfen oder hinter mir her zu sein.«

»Na, ist das nicht einfach klasse?«, grummelte er.

»Es ist noch nicht zu spät für dich, diesem Schlamassel zu entkommen. Ich kann dich in der nächsten Stadt absetzen, damit du zu deinem Rudel zurückkehren kannst.«

Er schnaubte. »Ich bin kein Feigling, Schätzchen. Wenn da oben etwas faul ist, wird nach Hause zu gehen es auch nicht in Ordnung bringen.«

»Ich weiß nicht, ob wir es in Ordnung bringen können.«

»Es gibt nur einen Weg, das herauszufinden.«

»Warum hilfst du mir?«, platzte sie heraus. »Du kennst mich kaum. Du magst mich nicht einmal.«

Seit sie sich kennengelernt hatten, waren sie sich uneins gewesen. In ihrem Fall aufgrund der sofortigen Anziehungskraft. Der Mann, der auf dem Fahrersitz saß, war ihr Gefährte. Das wusste sie, aber sie würde nie daraufhin handeln. Mit dem Geheimnis, das sie in sich trug, hatte sie keine andere Wahl. Lochlan hatte dieses Geheimnis gesehen und sich nicht wirklich dazu geäußert. Vielleicht nahm er an, dass ihre andere, monströse Seite von dem Pulver herrührte, das Gerard bei ihr benutzt hatte. Er wusste nicht, dass dieses Monster ein fester Bestandteil von ihr war.

»Das Richtige zu tun braucht nie einen Grund«, sagte er.

»Ich habe dich nicht für einen Helden gehalten.«

Er gluckste reumütig. »Ich bin kein Held, Schätzchen. Und auch kein guter Kerl. Und ehrlich gesagt weiß ich, dass es das Klügste wäre wegzugehen.«

»Aber das hast du nicht getan.« Auch nicht, als sie verwundbar gewesen war.

»Nein. Und verdammt, ich weiß auch nicht warum.«

Sie wusste es. Denn sie spürte es auch. Wären die Umstände anders gewesen, hätten sie vielleicht die Tatsache erforscht, dass sie Gefährten waren.

KAPITEL FÜNF

Luna verstummte, und er dachte, sie sei eingeschlafen. Dann sagte sie: »Du blutest.«

Die Wunde, die er erlitten hatte, tat weh, aber er hatte schon Schlimmeres durchgemacht. »Jup.«

»Halt an.«

»Wir sind mitten im Nirgendwo.«

»Perfekt. Niemand kann dich schreien hören, während ich mich um deine Verletzung kümmere.«

Er prustete. »Ich bin kein Schwächling.« Und trotzdem hielt er an.

Sie stiegen beide aus dem Wagen und sie blaffte: »Zieh dein Hemd aus.«

»Du bist ganz schön herrisch.«

»Ich weiß. Was glaubst du, warum ich in den Rat geholt wurde?«, fragte sie, während sie den Kofferraum des Geländewagens durchwühlte.

»Wie bist du dazu gekommen, für den zu arbeiten?« Er wusste nichts über das Auswahlverfahren, das jemanden zu einem Lykosium-Mitglied machte.

»Ich habe als Vollstrecker angefangen.«

»Du wurdest rekrutiert?«

»Das kann man so sagen.«

Eine vage Antwort, von der er wetten würde, dass sie damit etwas Kompliziertes herunterspielte.

Luna tauchte mit einem kleinen Nähetui auf – und trug eine Hose. Schade. Er hatte es genossen, sie nur in einem Hemd zu sehen, das ihr nur knapp bis an die Oberschenkel reichte.

Das war nicht gerade der Gedanke, den er haben sollte, denn a) hatte sie recht, sie mochten sich nicht, b) sollte er sie angesichts der Situation nicht anstarren, und c) hatte sie vielleicht recht, dass seine Schulter Hilfe brauchte. Er hatte eine Menge Blut verloren.

Sein Hemd ließ sich nicht so leicht ausziehen und er musste es an einigen Stellen förmlich von sich schälen. Nur das Ziehen, als er es von seiner Wunde riss, ließ ihn eine Grimasse ziehen. Die Blutung begann von Neuem, stockend und ekelhaft. Er warf das verschmutzte Hemd in den Wald und lehnte sich gegen den Wagen, als sie mit einer Nadel näher kam.

»Zeig mir mal die Wunde.«

»Es ist nur ein kleines Loch. Die Kugel ist glatt durchgegangen und hat keinen Knochen getroffen.«

»Ist doch nur eine Fleischwunde«, zitierte sie schlecht.

Er zog eine Augenbraue hoch. »Monty-Python-Fan?«

»Du klingst überrascht«, bemerkte sie, während sie eine Flasche lauwarmes Wasser über die Wunde goss.

Trotz des Unbehagens zischte er nicht. »Du scheinst nicht der Typ dafür zu sein.«

»Und welcher Typ bin ich?«

»Der Typ, der ausländische Filme mit Untertiteln mag.«

Auf seine irrtümliche Annahme hin lachte sie. »Da liegst du ganz falsch. Kits Lieblingsfilm als Kind war *Highlander*.«

»Es kann nur einen geben.« Diesmal war er mit dem Zitieren dran.

»Du hast ihn also gesehen.«

»Ungefähr hundertmal. Es ist ein Klassiker. Wie die jungen Welpen im Rudel sagen würden: Man merkt mir mein Alter an.«

Ihre Lippen zuckten. »Du beweist eher guten Geschmack. Unsere Ära hat einige der besten Filme und Musikstücke hervorgebracht.«

»Aber wir sind auch für die Boybands verantwortlich.«

»Erinnere mich nicht daran«, stöhnte sie. Während sie sich unterhielten, hatte sie seine Wunde untersucht. »Das wird wehtun«, warnte sie, als sie die Nadelspitze auf seine Haut setzte.

»Ich weiß.« Es war nicht das erste Mal, dass er genäht werden musste.

»Darauf wette ich«, murmelte sie, vermutlich da sie seine alten Narben bemerkt hatte. Mehr als ein paar. Werwölfe heilten zwar besser als die meisten, aber auch sie hatten ihre Grenzen.

Sie hingegen nicht.

»Erinnerst du dich daran, dass die Lykosium-Truppe auf dich geschossen hat?«, fragte er, mehr um sich von dem abzulenken, was sie gerade tat, als weil er eine Antwort erwartete.

»Nein, und ich schätze, sie sind beschissene Schützen, da ich nicht verletzt bin.«

»Sie haben nicht verfehlt. Ich habe gesehen, dass du getroffen wurdest.« Er wartete.

Sie hielt beim Nähen nicht inne. »Vielleicht hast du dich geirrt.«

»Habe ich nicht.«

Sie sagte nichts, während sie das Loch mit ihrem dunklen Faden weiter zuzog.

»Und?«, drängte er.

»Und was?«

»Du bist ziemlich schnell geheilt, meinst du nicht?«

»Wenn du es sagst«, war ihre gleichgültige Antwort.

Er seufzte. »Wird es so weitergehen?«

»Was soll das denn heißen?«

»Hör auf, mich zu verarschen. Ich weiß, dass du nicht so bist wie andere Werwölfe.«

Sie hielt inne, bevor sie leise sagte: »Nein, bin ich nicht.«

»Wirst du das erklären?«

»Nein.« Sie band den letzten Stich ab und begann, ihre Sachen wegzuräumen. »Und bevor du fragst, lass es uns gleich klarstellen – wir reden nicht über das Monster.«

»Ist die schnelle Heilung der Grund, warum der Rat hinter dir her ist?« Besondere Kräfte zogen immer die falsche Aufmerksamkeit auf sich.

Sie wirbelte vom hinteren Teil des Geländewagens herum, wo sie ihr Nähzeug verstaut hatte. Ihre Augen funkelten verärgert. »Du stellst so viele Fragen.«

»Ich versuche nur zu verstehen.«

»Wie wäre es, wenn du ein paar beantwortest? Zum Beispiel: Warum bist du im Wald bei mir geblieben?«

»Dein Wolf weiß, wie man sich amüsiert.«

»Du hast dich absichtlich in Gefahr gebracht.«

»Nicht wirklich. Aber du bist ziemlich brutal, wenn du deine Schnauze einsetzt.«

»Das ist nicht witzig.« Sie zeigte auf ihn. »Du bestehst darauf, mir zu helfen. Warum?«

Er zuckte mit den Schultern. »Keine Ahnung.« Eine Lüge. Er war bei ihr geblieben, weil er sich, ob es ihm gefiel oder nicht, zu ihr hingezogen fühlte. Er konnte nicht weggehen. Weder dort noch jetzt, und erschreckenderweise vielleicht auch nie. Die einzige Hoffnung, an die er sich klammerte, war, dass sie kein Interesse daran zu haben schien, ihn in ihrer Nähe zu behalten. Wenn sie sich gegen den Paarungsinstinkt wehren konnte, hatten sie vielleicht beide eine Chance, Single zu bleiben.

Sie wollte es nicht auf sich beruhen lassen. »Die meisten Leute hätten versucht, sich selbst zu retten und sich nicht noch mehr in Gefahr zu bringen.«

»Ich bin nicht die meisten Leute.«

»Was du nicht sagst«, murmelte sie. »Wir sollten uns auf den Weg machen.« Sie ging zur Fahrerseite des Geländewagens und als sie sich hinsetzte, funkelte sie ihn herausfordernd an. »Ich fahre. Wage es nicht, mir zu widersprechen oder irgendeinen frauenfeindlichen Blödsinn zu erzählen, dass ich das nicht kann.«

Er grinste. »Das würde mir im Traum nicht einfallen, Schätzchen.«

»Nenn mich nicht Schätzchen. Ich habe einen Namen.«

»Ich weiß. Das Problem ist, dass ich ihn nicht benutzen kann.«

»Warum nicht?«, fragte sie, als er ein frisches Hemd aus seinem Rucksack zog, trotz der Tatsache, dass er noch eine Dusche nötig hatte.

»Ich hatte mal einen Hamster namens Luna.«

Sie blinzelte ihn an. »Du hattest einen Hamster mit meinem Namen?«

»Ja. Und du bist zwar vieles, aber eine süße kleine Fellkugel gehört nicht dazu.«

Sie presste die Lippen aufeinander. »Oh, was bin ich dann?«

Er hätte ihr eine blödsinnige Antwort geben können, die ihrer starken Persönlichkeit gefallen hätte. Aber er war immer noch ein Mann, ein Mann, der schon beim ersten Mal, als er sie sah, einen Ständer bekommen hatte.

Stattdessen kam also aus seinem Mund: »Eine heiße Fähe.«

KAPITEL SECHS

Es kam nicht oft vor, dass Luna die Worte fehlten. Auch neu? Ihr Schweigen ging mit erhitzten Wangen einher. Alles nur, weil er ihr ein Kompliment gemacht hatte.

Und Lochlan bemerkte es. Er gluckste leise. »Lass mich raten. Du magst es auch nicht, wenn man dich eine heiße Fähe nennt.«

»Das ist das Wort für eine Füchsin.«

»Genau. Da du die Mutter eines Fuchses bist, würde ich sagen, das macht dich auf jeden Fall zu einer sexy Fähe.«

Sie errötete noch stärker, aber sie schaffte es zu erwidern: »Jetzt ist weder die Zeit noch der Ort, um mich anzubaggern.«

»Da bin ich anderer Meinung. Wir sind allein auf einer langen Autofahrt. Ich kann mir keinen besseren Zeitpunkt zum Flirten vorstellen. Seien wir ehrlich, wir fühlen uns zueinander hingezogen.«

»Ha.« Sie prustete.

»Es macht keinen Sinn, es zu leugnen. Und es ist verständlich. Ich gelte als gut aussehend und wenn du dich dann besser fühlst, meine heiße Fähe, wurde ich schon mehr als einmal als Silberfuchs bezeichnet.«

»Genug. Ich werde nicht einfach hier sitzen und mich von dir anmachen lassen, als wäre ich eine Prostituierte. Ich bin nicht an Sex mit dir interessiert.«

»Doch, das bist du.«

»Bin ich nicht!«, fauchte sie, womit sie den Lügengraben noch tiefer grub.

Er gluckste. »Okay, Schätzchen. Was immer du sagst.«

»Dein Leichtsinn wird nicht geschätzt.«

»Vielleicht solltest du etwas lockerer werden.«

»Wie bitte? Ich glaube nicht, dass du mir vorschreiben darfst, wie ich mich zu verhalten habe.«

»Stimmt, das darf ich nicht, aber ich habe schon von dir gehört. Eine Frau, die knallhart ist. Das musst du auch sein, wenn du im Lykosium-Rat sitzt.«

»Genau. Du solltest mir Respekt erweisen.«

»Ich bin mir nicht sicher, wo die Respektlosigkeit liegt.«

»Deine Bemerkungen sind höchst unangebracht.«

»Das sagst du. Ich sehe es als Kompliment, wo es angebracht ist.«

»Mir wäre es lieber, du würdest das nicht tun.«

»Glaub mir, ich wünschte auch, mein verdammtes Mundwerk würde sich zurückhalten, aber anscheinend habe ich eine eigensinnige Zunge, wenn es um dich geht.«

Bei der Erwähnung seiner Zunge musterte sie seinen Mund und schaute schnell weg, bevor er sie erwischte. »Was soll das denn heißen?«

»Wollen wir wirklich so tun, als ob, Schätzchen? Ich weiß, dass du es spürst. Das Paarungsbedürfnis.« Sie öffnete den Mund, um ihm zu widersprechen, aber er sprach weiter. »Und bevor du lügst: Ich weiß, dass du es spürst, denn ich kämpfe auch dagegen an.«

»Du kämpfst dagegen an?«

»Seien wir ehrlich, wir sind beide zu alt, um sesshaft zu werden.«

»Das sind wir.« Das hatte sie schon so oft gesagt, wenn Kit sie gefragt hatte, warum sie immer noch Single war.

»Ich bin störrisch, du bist herrisch, es würde nie funktionieren.«

»Was du nicht sagst«, murmelte sie, obwohl sie ihren Schlagabtausch genoss.

»Ich habe Dinge gesehen und getan, über die ich nicht sprechen kann. Aber glaub mir, wenn ich sage, dass ich nicht als Gefährte geeignet bin.«

»Ich auch nicht«, flüsterte sie leise.

»Dann sind wir uns einig? Keine Paarung.«

»Niemals. Und kein Flirten.«

»Das wäre wohl ein Spiel mit dem Feuer. Na gut.

Du hast gewonnen. Ich werde ein perfekter Gentleman sein. Weck mich, wenn ich mit dem Fahren dran bin.«

Das merkwürdige Gespräch setzte einige Grenzen, die ihr eigentlich hätten gefallen müssen. Sie wollte nicht gepaart sein. Warum war sie dann beleidigt, als er zugab, dass er es auch nicht wollte?

Weil sie das Flirten genoss, obwohl sie wusste, dass es zu Berührungen, Streicheleinheiten, Küssen, Sex und Beanspruchung führen würde.

Ich muss stark sein.

Als er mit dem Fahren dran war, täuschte sie Schlaf vor, nur um sich in der Kapuze ihres Sweatshirts zu verstecken, während sie aus dem Fenster starrte. Sie waren fast vier Stunden gefahren und hatten nur kurz angehalten, um zu tanken, wobei sie bar bezahlten. Der Tag brach grau und bewölkt an. Ein dichter Wald säumte beide Seiten der Straße, und nur die zwischen Pfählen gespannten Bänder zeigten, dass sie die Zivilisation noch nicht ganz verlassen hatten.

»Wo sind wir?«, fragte sie, wobei sie so tat, als würde sie aufwachen.

»Mitten im Nirgendwo.«

»Das ist nicht gerade eine Antwort.«

»Ich habe die Nebenstraßen genommen, weil ich nicht sicher war, in wie vielen Behörden das Lykosium seine Finger im Spiel haben könnte. Jetzt, da du wach bist, kannst du mir bestimmt ein paar Fragen beantworten. Müssen wir uns Sorgen machen, dass die

Bullen nach uns suchen? Können sie einen falschen Haftbefehl ausstellen oder die Scanner der Polizeibehörden anzapfen und so weiter?«

»Wahrscheinlich nicht.« Sie schüttelte den Kopf und biss sich auf die Lippe. »Aber vielleicht doch? Ich weiß wirklich nicht, was ich zu erwarten habe oder wie tief der Einfluss des Verräters reicht.«

»Ich würde sagen, ziemlich weit, wenn man bedenkt, was sie verstecken konnten. Außerdem habe ich den Eindruck, dass er sich auf seinen großen Auftritt vorbereitet.«

»Wie kommst du darauf?« Sie drehte sich zu ihm um, sein starkes Profil war ansprechend. Seine Kieferpartie war von weichem Haarwuchs bedeckt.

»Durch die Tatsache, dass sie offen hinter dir her waren.«

Die Erinnerung ließ sie verstummen, denn er hatte ihr Dilemma auf den Punkt gebracht. Indem er handelte, hatte der Verräter seine Existenz offenbart und den Verdacht in die Realität umgesetzt. Gleichzeitig erweckten die Handlungen des Verräters den Anschein, als fürchtete er keine Vergeltung. Das deutete darauf hin, dass der Verräter, bei dem es sich laut Gerard um Kits eigenen Vater handelte – Wahnsinn, wenn das stimmte –, hoch genug im Rat platziert war, um einer Bestrafung zu entgehen.

Aber wer war es? Bis jetzt hatte sie gedacht, dass sie ihre Ratskollegen gut kannte, oder zumindest so gut, wie es in dieser geheimnisvollen Gruppe möglich war.

Einige nahmen ihre Kapuzen nie ab, wenn sie sich trafen. Was den Geruch anging, so war Kit noch sehr jung gewesen, als sie ihn fand, und seinen Vater hatte sie nie kennengelernt, was bedeutete, dass sie weder einen Geruch noch ein Bild hatten, an dem sie sich orientieren konnten.

»Du denkst wirklich angestrengt nach«, bemerkte Lochlan.

»Ich überlege, wie viel ich dir erzählen kann.« Konnte sie ihm die ehrliche Wahrheit sagen, etwas, dem sie nicht allzu oft nachgab? Als Mitglied des Lykosium-Rates hatte sie Geheimnisse. So viele Geheimnisse. Vielleicht war das ein Teil des Problems. Transparenz hätte das Problem früher aufgedeckt.

»Ah ja, weil ich derjenige bin, dem du nicht trauen kannst«, murmelte er.

»Ich muss erst noch herausfinden, warum du mich aus dem Wald gerettet und dein Rudel aus einer Laune heraus verlassen hast.«

»Vielleicht hattest du recht und ich wollte für einen Tag ein Held sein.«

Sie schnaubte. »Dafür bist du zu zynisch.«

Das ließ seine Lippen erneut zucken. »Ich glaube, ich wurde abgestempelt. So sehr ich auch versucht war, dich sitzen zu lassen, du warst nicht in der Lage zu fahren.«

»Indem du mir geholfen hast, hast du dir selbst eine Zielscheibe aufgemalt.«

»Ich hatte bereits eine. Ich mache mir mehr Sorgen

um die Mitglieder meines Rudels. Wird das Lykosium hinter ihnen her sein?«

Sie presste die Lippen aufeinander. »Ich weiß es nicht. Ich vermute, dass sie versuchen werden, Kit zu überwachen, um zu sehen, ob er sie zu mir führt.«

»Versuchen?«

Jetzt musste sie grinsen. »Mein Sohn ist nicht leicht auszuspionieren. Er weiß, wie er verschwinden kann. Er wird jeden Beobachter leicht entdecken und dafür sorgen, dass er nichts erfährt.« Wie sie ihn kannte, würde er Poppy in sein geheimes Haus der verlorenen Kinder entführen. Offenbar war Lunas Adoption eines einsamen Jungen erblich. Ihr Sohn hatte die Angewohnheit, junge Werwölfe in Not zu retten.

»Was ist mit den anderen?«

»Deinem Rudel sollte es gut gehen, da sie nicht mit mir verbunden sind.«

»Du warst doch gerade mit ihnen auf einer Mission.«

»Eine einzige gescheiterte Mission, woraufhin ich verschwunden bin und sie nach Hause gegangen sind. Das sollte reichen, um sie in Sicherheit zu wahren.«

»Es sei denn, ich tauche plötzlich auf«, merkte Lochlan an. »Wenn der Verräter vermutet, dass ich dich unterstützt habe, dann ist nach Hause zu gehen wahrscheinlich das Schlimmste, was ich tun kann.«

»Da stimme ich dir zu.« Etwas leiser fügte sie hinzu: »Tut mir leid.«

»Das muss es nicht. Du hast versucht, mich zu überreden wegzugehen.«

Und das hatte er nicht getan. Noch nicht. Das hatte etwas von ihr verdient. »Danke, dass du nicht auf mich gehört hast. Ich weiß nicht, ob ich es ohne dich so weit geschafft hätte.«

»Irgendwie bezweifle ich das. Du bist eine harte Frau.«

»Hart, ja, aber selbst ich muss zugeben, dass ich etwas Hilfe gebrauchen könnte«, sagte sie seufzend. Sie hasste es, sich schwach zu fühlen. Und jetzt war nicht der richtige Zeitpunkt, um sich von ihrem Stolz davon abhalten zu lassen, das Richtige zu tun.

»Wenn du Hilfe brauchst, dann hast du den falschen Mann. Dann hättest du die Jungs in meinem Rudel fragen sollen. Das Letzte, was du brauchst, ist ein alter Wolf wie ich, der den Kampf eines jungen Welpen austrägt.«

»Du bist nicht alt.« Ein kurzer Blick zur Seite zeigte, dass er die Lippen geschürzt hatte.

»Wir sind uns beide sehr wohl meines Alters bewusst.«

»Ich bezeichne unsere fortgeschrittenen Jahre der Erfahrung lieber als Reife.« Lochlan war ein Mann, der schon viel gesehen hatte. Das machte ihn noch attraktiver. »Wie alt bist du eigentlich genau?«

»Steht das nicht in deiner Akte über mich?«, spottete er.

»Eigentlich weiß ich sehr wenig über dich.« Sie

hatte keine Zeit gehabt, sich näher mit dem Mann zu beschäftigen, bevor die Ereignisse sich überschlugen.

»So soll es auch sein.«

»Was soll das denn heißen?«

»Ich habe mein Bestes getan, um keine Spuren zu hinterlassen.«

»Warum? Hast du in deiner Vergangenheit ein Verbrechen begangen?«

Er spannte den Kiefer an. »Nicht direkt.«

»Das ist keine Antwort.«

»Du hast recht, das ist es nicht. Aber ich sage dir, dass das einer der Gründe ist, warum ich bei dir geblieben bin, als bei dir die Kacke am Dampfen war.«

»Das macht keinen Sinn.«

Er seufzte. »Ich weiß. Also werde ich ganz offen sein. Das Pulver, das dir keine andere Wahl ließ, als dich zu verwandeln? Ich habe es schon einmal gesehen.«

Der schroffe, tiefe Tonfall ließ sie frösteln, als sie flüsterte: »Wo?«

»Als ich beim Militär war.«

KAPITEL SIEBEN

Luna schwieg nach seiner Aussage und starrte auf die Straße, die sie von einer zweispurigen Landstraße auf eine größere Durchgangsstraße zur Schnellstraße führen würde.

Als sie stumm blieb, räusperte er sich. »Ich nehme mal an, du wusstest nicht, dass das Militär über uns Bescheid weiß.«

»Nein.« Ein leises Eingeständnis.

»Wenn es hilft, ich bin mir ziemlich sicher, dass es nicht allgemein bekannt ist. Die Werwolf-Truppen, die sie einberufen, werden von den anderen getrennt gehalten.«

»Nein, das hilft nicht«, knurrte sie. Sie drehte den Kopf so weit zu ihm, dass er sehen konnte, wie ihre Augen in einem Sturm von Farben wirbelten. »Wie haben sie von unserer Existenz erfahren? Irgendjemand muss es ausgeplaudert haben.«

»Nicht unbedingt. Vielleicht ist ihnen etwas bei der umfangreichen Blutuntersuchung aufgefallen, die sie machen, wenn wir uns verpflichten.«

Sie schüttelte den Kopf. »Das bezweifle ich. Unsere DNA ist die gleiche wie die von allen anderen. Der Unterschied scheint von hier oben zu kommen.« Sie tippte sich an die Schläfe. »Diejenigen, die Werwölfe sind, haben einen mentalen Schalter, der es ihnen ermöglicht, ihre Gestalt zu ändern.«

»Dann weiß ich nicht, wie sie es herausgefunden haben. Es ist ja nicht so, als hätte ich bei meiner Bewerbung ›Wird bei Vollmond pelzig‹ geschrieben«, erwiderte er sarkastisch.

»Wie bist du zum Militär gekommen?«

»Perspektivlosigkeit. Ich bin mit achtzehn Jahren zum Militär gegangen, um aus meiner Kleinstadt herauszukommen. Ich war ein paarmal im Einsatz, bevor sie mich für eine Spezialeinheit rekrutiert haben.«

»Und du hast nicht daran gedacht, die Tatsache zu hinterfragen, dass sie von deiner Fähigkeit zur Gestaltwandlung wussten?«, fragte sie ausdruckslos.

»Ich war ein Dummkopf in seinen Zwanzigern. Eines Tages holte mich Feldwebel McLean, der ein Werwolf war, aus der Kaserne und fragte mich, ob ich in eine Spezialeinheit versetzt werden wolle. Er behauptete, es sei vom Lykosium genehmigt.«

»Und du hast ihn beim Wort genommen?«

»Warum sollte ich nicht? Es ist ja nicht so, als wäre

das Lykosium bei seinen Geschäften besonders transparent.«

Sie schürzte die Lippen. »Die Geheimhaltung dient dem Schutz der Werwölfe.«

»Ja, aber genau dieser Schutz ist auch ein Hindernis, denn ich wusste es nicht besser. Der Feldwebel ließ es so klingen, als würde ich etwas Wichtiges für das Lykosium tun. Ich hatte keinen Grund, ihm zu misstrauen.«

»Wenn du von einer Einheit sprichst, wie viele Soldaten waren das?«

»Die Zahl hat variiert. Wir hatten höchstens acht. Nach einer wirklich schlechten Mission sank die Zahl auf drei, bevor sie neues Blut einführten.«

Als sie hörte, dass einige von ihnen gestorben waren, verzog sie das Gesicht. »Du hast erwähnt, dass der Feldwebel, der dich rekrutiert hat, Werwolf war. Was ist mit dem befehlshabenden Offizier?«

»Ein Mensch. Und bevor du fragst: Er wusste genau, was wir waren. Alle, die mit uns arbeiteten, wussten es, insgesamt etwa ein halbes Dutzend Menschen.«

»Was ein halbes Dutzend zu viel ist.«

»Ja, aber wie ich schon sagte, wir waren ein streng gehütetes Geheimnis.«

Sie schwieg einen Moment, bevor sie fragte: »Du hast angedeutet, dass du Erfahrung mit dem Pulver hast, das mich zur Verwandlung gezwungen hat.«

»Jup. Nun, zumindest mit Variationen davon.

Wenn der zuständige menschliche Oberst uns nicht gerade für eine Mission ins Feld schickte, hatte das Militär ein Team von Wissenschaftlern, die gerne Seren und anderen Mist an uns ausprobierten.«

Ihre Augen wurden groß. »Du sprichst von Experimenten. An Leuten.«

»Jup.«

»Und du hast das zugelassen?« Ihre Frage hatte einen ungläubigen Unterton.

»Keiner von uns wollte es. Wir hatten aber keine verdammte Wahl«, knurrte er. »Sie haben uns als Kanonenfutter in feindliche Situationen gebracht und wenn wir nicht gerade unser Leben riskierten, haben sie uns für Experimente benutzt.«

»Was haben sie getestet?«

»Wie schnell wir heilen konnten. Welche Art von Gift wir verstoffwechseln konnten und trotzdem funktionsfähig blieben. Die erzwungene Verwandlung war ein weiteres Experiment. Sie wollten einen Weg finden, um uns stärker und wilder zu machen. Ein Arzt arbeitete an einer Methode, uns in Wolfsmenschen zu verwandeln.«

»Ich habe Angst zu fragen, was das bedeutet.«

»Sie wollten, dass wir die menschliche Fähigkeit, Probleme zu lösen, auch nach der Verwandlung behalten. Sie wollten, dass wir Klauen zum Kämpfen haben, aber Finger mit feinmotorischen Fähigkeiten. Wölfe sind schlecht darin, Türen zu öffnen oder Festplatten zu stehlen. Ganz zu schweigen davon, dass Wölfe nicht gerade Wände hochklettern können.«

»Hatten sie Erfolg?«, fragte sie.

»Nein. Viele ihrer Misserfolge führten zum Tod. Ein halb verwandelter Werwolf hat ständig Schmerzen.«

»Klingt furchtbar.«

»Was du nicht sagst«, war seine schroffe Antwort. Er wollte und brauchte ihr Mitleid nicht.

»Habt ihr versucht zu fliehen?«

»Um sicherzugehen, dass wir gehorchen, haben sie uns an verschiedenen Stellen Peilsender eingepflanzt, damit wir nicht wussten, wo wir schneiden müssten, um sie zu entfernen. Wenn jemand weglief, konnte per Knopfdruck ein Signal gesendet werden, das ihn in ein sofortiges Koma versetzte, bis er wiedergefunden wurde.«

»Verdammt«, flüsterte sie. »Wie konntest du entkommen?«

»Nicht leicht«, war seine trockene Antwort. »Das Militär glaubt, ich sei bei einem Hubschrauberabsturz gestorben. Es war eine knappe Sache. Wir wurden abgeschossen.« Seine einfache Antwort verriet nichts von dem Schreck, den er empfunden hatte, als sie getroffen worden waren und der Rauch so dicht war, dass er nichts mehr sehen konnte, aber er spüren konnte, wie der Hubschrauber außer Kontrolle geriet. Die Erinnerung an den Einschlag rüttelte ihn manchmal immer noch wach. »Ich war der einzige

Überlebende, aber ich hatte schwere Verletzungen. Eine Wunde in meinem Oberschenkel hat das Implantat offenbart. Nachdem ich den Peilsender herausgeholt hatte, sprengte ich das Wrack in die Luft, indem ich eine Granate auf den Benzintank warf.«

»Das Militär hat nicht nach Überlebenden gesucht?«

»Ich bin sicher, dass sie es versucht haben, aber ich bin nicht in der Nähe geblieben, um es herauszufinden. Ich habe meine Spuren verwischt und bin verschwunden.«

Sie rieb sich die Unterlippe. »Das erklärt, warum die Lykosium-Akte über dich so spärlich ist.«

»Das liegt daran, dass ich mir die Identität des Lochlan McGuire von einem toten Menschen geborgt habe.« Er wechselte das Thema. »In acht Kilometern kommt eine Stadt. Bist du sicher, dass wir anhalten sollen?«

Sie nickte. »Wir müssen uns umorganisieren und aufstocken.«

»Wir sollten den Geländewagen loswerden, falls diejenigen, die dich verfolgen, die Polizei danach suchen lassen.«

»Ich habe ihn bar bezahlt und eine falsche Identität benutzt.«

»Und trotzdem haben sie dich in Gerards Jagdbesitz gefunden.«

»Weil sie wussten, dass Kit entführt wurde und ich nach ihm suchen würde.«

»Oder sie verfolgen dich.«

Bei dieser Andeutung schüttelte sie heftig den Kopf. »Ich bin nicht gechipt.«

»Du bist es nicht, aber Kit, dein Sohn, ist es?« Er verbarg seine Ungläubigkeit nicht, denn es schien unwahrscheinlich, dass sie nicht auch gechipt war, wenn man bedachte, dass sie gerade den Peilsender in ihrem Sohn benutzt hatten, um ihn zu finden.

»Der Peilsender ist auf meine überfürsorgliche Art zurückzuführen. Aufgrund meiner Rolle im Lykosium-Rat habe ich keinen Peilsender. Keines der Ratsmitglieder hat einen.«

»Wenn du das sagst.«

Ihre Lippen wurden schmaler. »Ich würde es merken, wenn ich einen Fremdkörper in mir hätte.«

Diese Aussage entsprang einer Hoffnung und einem Gefühl, nicht einer Tatsache. Er verzichtete auf eine Antwort, denn es würde ihr nicht gefallen, was er zu sagen hatte.

Sie ahnte es trotzdem und schnauzte: »Du denkst, ich liege falsch.«

»Ich denke, das werden wir bald herausfinden.« Denn wenn sie verfolgt wurde, würde es einen weiteren Angriff geben. Und zwar bald.

KAPITEL ACHT

Da Lochlan mehr oder weniger ansehnlich, wenn auch schmuddelig aussah, meldete er sich freiwillig, um mit dem Bargeld, das sie zur Verfügung hatte, ein Zimmer zu mieten. Sie hatte für die Rettungsmission einen guten Betrag mitgenommen, als hätte sie gewusst, dass sie vielleicht von der Bildfläche würde verschwinden müssen. Lochlan fragte nicht danach, und sie sagte ihm auch nicht, wie viel sie genau hatte. Leute konnten seltsam werden, wenn es um Geld ging. Lochlan wirkte zwar nicht wie ein Dieb, aber sie hielt es für das Beste, sich nicht in die Karten – und die Geldbörse – schauen zu lassen.

Konnte sie ihm vertrauen?

Gefährte.

Ihre ursprüngliche Seite hatte nicht dieselben Bedenken. Sie beschloss, sie zu ignorieren und sich auf etwas anderes zu konzentrieren als auf den gut aussehenden Mann, der das Büro des Motels betrat. Der Mann, der sie gerettet hatte.

Es verblüffte Luna noch immer, dass sie so dreist von dem Verräter und seinen Lakaien angegriffen worden war. Er musste sich Sorgen gemacht haben, dass sie seine Identität herausfinden würde. Schade, dass sie immer noch keine Ahnung hatte, wer es war. Obwohl, wenn sie nach den Leuten ging, die sie nicht mochte und die im oder um den Lykosium-Rat herum dienten, konnte sie die Identität des Verräters auf etwa ein Dutzend eingrenzen.

Wenn sie gestorben wäre, wäre das, was sie entdeckt hatte, mit ihr gestorben. Vielleicht sollte sie jemandem von ihrem Verdacht erzählen. Aber wem? Wenn sie Kit etwas sagte, würde er etwas Dummes tun und den Übeltäter verfolgen. Er könnte verletzt werden.

Es lag an ihr, den Verräter aufzuhalten, aber vielleicht musste sie das nicht alleine tun.

Lochlan wusste bereits über die Fäulnis im Lykosium Bescheid. Zumindest Teile davon. In einer schockierenden Wendung hatte er Dinge enthüllt, die sie nicht gewusst hatte, zum Beispiel, dass das Militär von der Existenz der Werwölfe wusste. Wie war das möglich? Der Rat hätte von einem solchen Bruch wissen müssen, tat es aber nicht. Konnte es sein, dass der Verräter die Beweise versteckt hatte?

Nicht für lange. Wenn Luna in diesem Leben noch eine Sache schaffte, dann war es, die Person zu entlarven, die hinter der Dezimierung und Grausamkeit gegen ihr Volk steckte.

Der Verräter würde sterben.

Lochlan kam aus dem Büro des Motels heraus. Jeder, der ihn beobachtet hätte, hätte einen entspannten Mann gesehen, der leicht krumm und mit gesenktem Blick seine Schritte beobachtete, die Hände in die Taschen gesteckt. Die Realität? Lochlan beobachtete alles um sich herum und verließ sich dabei auf seinen Hör- und Geruchssinn sowie auf die eine Sache, die nicht jeder beherrsche – seinen Instinkt.

Als er sich ihrem Fahrzeug näherte, verstand ein Teil von ihr, dass der Grund, warum er plötzlich lächelte und winkte, der war, dass jemand sie beobachten konnte. Sie waren ein glückliches Paar, keine gesuchten Werwölfe, die versuchen, nicht aufzufallen.

Sie lächelte zurück und behielt das Lächeln auf ihrem Gesicht, als er in das Fahrzeug schlüpfte. »Wie lauten die Zimmernummern?«

»Ein Zimmer. Erster Stock.« Er fuhr zur Mitte des Motels.

Sie bemerkte seine seltsame Wahl der Zimmerunterbringung. »Ich hätte gedacht, dass du ein Eckzimmer im Erdgeschoss willst, damit wir leichter entkommen können.«

»Es ist auch viel einfacher, uns einzupferchen. Nein danke. Wenn wir in einem anderen Stockwerk sind, sind wir gewarnt, denn egal, was passiert, sie kommen die Treppe hoch.«

»Oder sie landen auf dem Dach.«

»Das ist das falsche Dach und wir würden den Hubschrauber lange vor seiner Ankunft hören. Ganz zu schweigen davon, dass sie keinen Hubschrauber schicken werden. Wir reden hier von verdeckten Operationen. Wenn uns jemand verfolgt, dann in voller Montur – mit Nachtsichtgeräten, Kletterausrüstung und voller Drohnenunterstützung. Ich rechne auch mit einem Stromausfall.«

»Das Lykosium verfügt nicht über diese Art von Ausrüstung oder Organisation. Du hast unsere Vollstrecker kennengelernt.«

»Und ich habe die Gruppe im Wald kennengelernt. Sie hatten Gewehre. Rüstungen. Sie waren vorbereitet.«

War es möglich, dass er übertrieb? Sie erinnerte sich an keinen dieser Momente. Aber warum sollte er lügen?

»Wie viele Betten?«, fragte sie, als er zwischen zwei Wagen parkte.

»Zwei Betten in dem Zimmer, das ich gemietet habe. Bei dem, in dem wir wohnen werden, bin ich mir nicht sicher.«

Sie schürzte die Lippen. »Wie bitte?«

»Das Motel hat benachbarte Zimmer und ist so veraltet, dass es noch echte Schlüssel statt Schlüsselkarten gibt. Als der Rezeptionist nicht hingesehen hat, habe ich den Schlüssel für das Zimmer nebenan geklaut.«

Sie warf einen Blick nach oben, als sie die Treppe hinaufgingen. »Bist du nicht ein bisschen paranoid?«

»Nein.«

»Was ist, wenn es noch einen Schlüssel gibt und der Angestellte das Zimmer vermietet?«

»Dann gibt es viel Gelächter und Peinlichkeiten, wenn wir in unser eigenes Zimmer zurückkehren.«

»Du hast auf alles eine Antwort.«

»Schön wär's«, murmelte er, als er vor Zimmer vierzehn stehen blieb und den Schlüssel einsteckte. »Wir müssen daran denken, beim Verlassen des Zimmers durch die richtige Tür zu gehen, falls wir beobachtet werden.«

»Du denkst immer noch, dass ich gechipt bin.«

»Ich bin nur vorsichtig. Ich dachte, dass jemand, der vom Lykosium gejagt wird, das zu schätzen weiß.«

»Was ich nicht schätze, ist die Art und Weise, wie du denkst, dass du das Sagen hast und die Entscheidungen triffst.«

Er zog eine Augenbraue hoch. »Ich habe ein Zimmer gemietet, womit du einverstanden warst.«

»Und du hast einen Schlüssel gestohlen.«

»Weil es dumm gewesen wäre, es nicht zu tun. Hör zu, wenn es dir nicht gefällt, kannst du in dem offiziellen Zimmer bleiben und ich schlafe nebenan. Das ist wahrscheinlich besser so. Ich wette, du schnarchst.«

Ihr fiel die Kinnlade herunter. »Tue ich nicht.«

»Woher willst du das wissen?«

»Weil ich es tue.«

»Wie auch immer, Schätzchen.«

»Mein Name ist Luna.«

»Es ist, als wolltest du, dass ich dich als pelziges, warmes Haustier betrachte.« Sein Blick senkte sich und ihre Wangen wurden heiß.

»Gibt es einen Grund, warum du versuchst, mich zu reizen?«

»Weil es Spaß macht«, antwortete er, als er die Moteltür schloss und sie damit in ein Zimmer hüllte, das sie schon hundertmal auf Hunderten Reisen gesehen hatte.

Zwei große Betten mit geblümten Bettdecken aus rauem und strapazierfähigem Stoff. Die Kissen waren mit weißen, gebleichten Bezügen bezogen. Die Möbel waren aus dickem Holz, verdellt und verkratzt von jahrelangem Missbrauch. Der Teppich war eine bunte Mischung aus verschiedenen Farben, die Flecke hervorragend verbargen.

Der Fernseher schien die einzige Verbesserung zu sein. Der Flachbildschirm war an der Wand befestigt, die Fernbedienung hing an einer Kette, die an einem Ring am Nachttisch an der Wand befestigt war. Stilvoll.

Dennoch klang der Gedanke an eine heiße Dusche und ein Bett himmlisch.

Lochlan ging zu der Tür, die sie von Zimmer dreizehn trennte, und schloss ihre Seite auf, nur um auf der anderen Seite mit einer flachen Platte konfrontiert zu werden. Kein Schlüsselloch zum Aufschließen.

»Ich glaube, dein Plan ist ein Reinfall«, sagte sie.

»Oh, du Kleingläubige. Du scheinst zu denken, dass das mein erstes Rodeo ist, Schätzchen. Wir kommen schon rein. Sieh nur zu.«

Lochlan holte sein Portemonnaie und eine Kreditkarte heraus, die er zwischen Schloss und Türpfosten klemmte. Als das nicht funktionierte, versuchte er, die Verkleidung abzuschälen, um die Feder des Schlosses freizulegen.

»Wie läuft's?«, fragte sie.

Er schenkte ihr ein Grinsen. »Prima. Nur noch eine Sekunde.« Er trat gegen die Tür und sie schlug auf.

Sie zog eine Augenbraue hoch. »So viel zu subtil.«

»Wenn die Motelverwaltung ihre unvermieteten Zimmer kontrolliert, haben wir schon ein Problem.«

»Hat dir das Militär beigebracht, wie man einbricht?«

Er schaute sie an. »Ich habe in einer rauen Gegend gelebt, bevor ich zum Militär ging.«

Wer war Lochlan McGuire eigentlich genau? Denn er hatte vorhin zugegeben, die Identität eines Toten zu benutzen.

»Was nun, du Paranoiker?«

»Überhaupt kein Licht. Und auch kein Fernsehen.«

»Was? Kein *Survivor* vor dem Schlafengehen? Das ruiniert die einzige Freude, die ich in meinem Leben noch hatte.« Sie schüttelte den Kopf.

»Lieber auf Nummer sicher gehen.«

Der Tadel brannte, denn obwohl sie sich für vorsichtig hielt, ging er mit seinem Schutz auf die nächste Stufe.

»Nehmen wir an, du hast recht und sie schlagen zu.« Sie streckte eine Hand in Richtung des Nachbarzimmers aus. »Was nützt es, so nahe dran zu sein? So können wir nicht durch die Tür gehen, ohne ihnen zu begegnen.«

»Im Idealfall gehen wir ihnen aus dem Weg, bevor sie so weit kommen. Ein paar Kameras mit Bewegungsmelder werden dabei helfen.«

Sie zog eine Augenbraue hoch. »Weil du zufällig welche eingepackt hast?«

»Nein, aber man kann sie heutzutage leicht kaufen und sie sind auch billig. Ich mache mich schnell sauber und gehe dann los, um welche zu besorgen.«

»Ich dachte, wir sollten uns bedeckt halten.«

»Es ist zweifelhaft, dass sie tagsüber zuschlagen werden. Wenn sie uns überhaupt schon auf der Spur sind. Wenn sie nicht schon ein anderes Team in den Startlöchern haben, brauchen sie Zeit, bis eine neue Gruppe eintrifft.«

Sie fand, dass er die Situation überschätzte. »Geh. Ich komme auch ohne dich zurecht.«

»Es wird nicht lange dauern. Der Motelangestellte sagt, dass es drei Kilometer die Straße runter ein Einkaufszentrum mit einem Elektronikladen gibt. Ich gehe zu Fuß, falls du das Auto brauchst, um zu fliehen.«

Wieder eine Entscheidung getroffen. Von ihm.

Sie hätte gegen seine Anweisung protestieren können, aber dann wäre er vielleicht im Zimmer geblieben und sie hätte in dem Wissen duschen müssen, dass er in der Nähe war. Auch die Selbstbeherrschung einer Frau hatte ein Ende. Mit ihm in einem Fahrzeug eingesperrt zu sein, ihn zu riechen, Stunde um Stunde ... Sie brauchte eine Auszeit von Lochlan.

»Wenn du schon einkaufen gehst, dann besorg uns auch ein paar Klamotten und was zu essen.« Sie übergab ihm etwas von ihrem Geld.

Er betrachtete das Bündel mit den Hundertdollarscheinen. »Das wird nicht diskret sein.«

»Es ist schwieriger, große Mengen kleiner Scheine zu tragen.«

»Vielleicht solltest du mit mir kommen.«

»Ich würde lieber duschen.«

Diese einfache Bemerkung veranlasste ihn dazu, die Nasenflügel aufzublähen. »Halte deine Augen und vor allem deine Ohren offen. Ich bezweifle zwar, dass jemand bei Tageslicht angreift, aber sie könnten sehr subtil vorgehen.«

»Du machst dir zu viele Sorgen, Papa Wolf.«

Sein Kiefer zuckte. »Nenn mich nicht so.«

»Oder was, Papa Wolf? Hast du mich schließlich nicht Fähe genannt?«

»Du bist Mutter. Ich bin nichts.«

»Du bist ein Mann, der sich zu viele Sorgen um alles macht.«

»Weil ich es besser weiß, als zu vertrauen. Ich muss mich noch schnell sauber machen, bevor ich rausgehe. Ich werde unser eigentliches Zimmer benutzen, damit du deine Privatsphäre hast.« Er lief praktisch ins Nebenzimmer, nur um nach der Dusche verlegen in einem Handtuch zurückzukehren.

Er deutete auf die Taschen neben dem Bett. »Ich habe meine sauberen Klamotten vergessen.«

Sie tat ihr Bestes, ihn nicht anzustarren, und wandte den Kopf ab, aber sie konnte sich nicht vor seinem Duft verstecken. Er betörte ihre Sinne wie Ambrosia. Sie schloss die Augen und atmete ein.

»Geht es dir gut?«, fragte er.

»Ja. Alles bestens.« Vielleicht klang es ein wenig zu überzeugt. Sie drehte sich um und bemerkte, dass er ein kariertes Hemd, Jeans und braune Stahlkappenstiefel aus Leder angezogen hatte.

Er fuhr sich mit den Fingern durch sein feuchtes Haar. »Letzte Chance, mich zu begleiten. Oder ich kann bleiben.«

»Ich brauche keinen Babysitter. Viel Spaß.«

Nachdem er gegangen war, zog sie die schwere Holzkommode vor die kaputte Nebentür, bevor sie unter die Dusche sprang, denn sie hasste es, dass sie sich durch seine Paranoia verletzlich fühlte. Doch ihr Bedürfnis, den Dreck des Kampfes von ihrer Haut zu waschen, siegte über die Sorge, gestört zu werden. Sie gurgelte mit Wasser und spuckte immer wieder aus, aber der Blutgeschmack ließ sich nicht vollständig aus ihrem Mund spülen. Es war schon lange her gewesen, dass sie es gekostet hatte. Der kupferne Beigeschmack hatte sich nicht verändert.

Obwohl sie wusste, was sie sehen würde, betrachtete sie sich im Spiegel. Ihre glatte Haut war frei von Narben und Wunden, dank einer unnatürlichen Heilungsfähigkeit, die das Ergebnis der Experimente war, die an ihr durchgeführt worden waren. Wie Lochlan war auch sie Leuten entkommen, die Experimente an ihr durchgeführt hatten. Im Gegensatz zu ihm hatte sie keine Angst, wieder gefunden zu werden, denn keiner derjenigen, die sie als Kind gefoltert hatten, war noch am Leben.

Als eine Vollstreckerin namens Padme sie gefunden hatte, war sie blutüberströmt gewesen, hatte große Augen gehabt und gezittert. Padme fragte die traumatisierte Teenagerin, was passiert war. *Das Monster hat sie erwischt*, hatte sie gesagt.

Ein Monster, das in dieser Nacht verschwunden war, einer Nacht, in der nur ein junges Mädchen aus einem geheimen Labor gerettet worden war, in dem Experimente an Werwölfen durchgeführt wurden. Die Vollstrecker des Lykosiums hatten die vergrabenen Leichen von Dr. Adams' Opfern im Garten gefunden. Viele von ihnen waren missgebildet gewesen.

Als ihre Retter sie weiter über die Geschehnisse

befragten, hatte sie eine Teilwahrheit von sich gegeben. *Der Arzt hat mir wehgetan.* Diese Antwort schien Antwort genug zu sein, warum sie sich danach nicht mehr verwandelt hatte. Weil sie nicht wollte, dass jemand von dem Monster erfuhr, das in ihr lauerte.

Ein Monster, das Lochlan gesehen hatte, zusammen mit der Erkenntnis über ihre fast magische Heilungsfähigkeit. Würde er es jemandem erzählen? Wenn er nur zur Hälfte der war, für den sie ihn hielt, würde er es sicher nicht tun.

Als sie in ein Handtuch gewickelt aus dem dampfenden Badezimmer kam, betrachtete Luna das Motelzimmer mit seinen zwei Betten. Statt der Blumenmuster im Zimmer nebenan passten die einfarbigen waldgrünen Decken kaum zu den gelben Wänden und standen im Kontrast zu den hellblauen Kissen. Der dunkle, niedrigflorige Teppich wies keine offensichtlichen Flecke auf, aber sie konnte den Dreck riechen. Sie wollte nicht barfuß darauf laufen, aber sie hatte ihre Tasche auf dem Bett gelassen, das am weitesten vom Bad entfernt war.

Als sie sie durchwühlte, fand sie, was sie brauchte, und zog sich schnell an, wobei sie sich wünschte, sie hätte mehr als Kleidung eingepackt. Eine Waffe wäre schön gewesen. Im Nachhinein betrachtet hätte sie mit Lochlan gehen sollen. Sie hätte ein paar Dinge kaufen und ihm zeigen können, dass sie wusste, wie man überlebte. Sie hatte es fast ihr ganzes Leben lang getan, aber sie war zugegebenermaßen selbstgefällig geworden.

Schuld daran war ihre Zeit beim Lykosium. Sie hatten sie vor einem Leben voller Folter und Experimente gerettet. Sie hatten ihr geholfen, ihren Verstand zu schärfen, ihr ein Ziel zu geben und ihr die Fähigkeiten zu vermitteln, dieses Ziel zu erreichen. Sie hatte mehr als drei Jahrzehnte damit verbracht, Werwölfe wie sie selbst vor den bösen Ärzten der Welt zu schützen. Sie hatte jede einzelne Person, die an ihrer Inhaftierung beteiligt gewesen war, zur Strecke gebracht. Nicht einer hatte überlebt.

Ihre Unbarmherzigkeit bei der Angelegenheit der Werwölfe und der Wahrung ihres Geheimnisses hatten schließlich dazu geführt, dass sie in den Rat eingeladen wurde. Damals war das eine Ehre gewesen, und doch vermisste sie die Tage als Vollstreckerin, die Zeit draußen im Feld, in der sie agierte, anstatt zu reagieren und für Gerechtigkeit zu sorgen.

Sie stand unruhig am Fenster, hielt sich diskret versteckt und tat ihr Bestes, um trotz der dicken Vorhänge nach draußen zu sehen.

Ich hasse es zu warten.

Wie sie versuchte, geduldig zu sein, was ihr nicht leichtfiel, genau wie Vertrauen. Nur eine Person hielt ihr den Rücken frei: Kit. Und doch war sie hier und legte ihr Leben in die Hände eines völlig Fremden.

Gefährte.

Sie ignorierte das Wort in ihrem Kopf zugunsten der kalten, harten Fakten. Sie kannte Lochlan nicht, einen Mann, der behauptete, das sei nicht einmal sein Name.

Wer war er? Was wusste sie wirklich über ihn? Was, wenn er für die Person arbeitete, die sie aus dem Weg räumen wollte? Was, wenn er das Lykosium kontaktierte und die Mitglieder zu ihr führte? Zum Teufel, vielleicht redete er jetzt gerade mit dem Alpha des Feral Packs und erzählte ihm alles, ohne zu wissen, dass jemand vom Lykosium zuhören könnte.

Wenn sie nur seine Vergangenheit erforschen könnte. Es juckte sie in den Fingern, sich in die geheimen Lykosium-Server einzuloggen, auf denen all ihre Dateien gespeichert waren, aber das würde sie direkt zu ihr führen. Das konnte sie nicht zulassen.

Sie können mich nicht finden.

Wenn sie Luna nicht finden konnten, würden sie es dann auf Kit absehen?

Der Gedanke erfüllte sie mit mütterlicher Wut. Er mochte nicht ihr eigenes Fleisch und Blut sein, aber er war der Sohn ihres Herzens, und sie würde verdammt sein, wenn sie zuließe, dass jemand ihm etwas antat.

Aber wie konnte sie ihn am besten beschützen?

Die Antwort fiel ihr nicht vor Lochlans Rückkehr ein. Er kam durch die Tür zu Zimmer vierzehn, und sie wartete, bis er die Tür geschlossen hatte, bevor sie die nebenan öffnete, nachdem sie die Kommode bereits entfernt hatte.

»Ich komme mit Geschenken«, verkündete er, als er mit ein paar Tüten hereinkam, von denen sie die mit

Lebensmitteln am meisten interessierte. Seit ihrem letzten Tankstopp hatten sie nichts mehr gegessen. Chips, Proteinriegel und Saft waren keine richtige Mahlzeit, nicht für jemanden wie sie, der so viel Energie aufgewendet hatte, um sich nicht nur zu verwandeln, sondern auch zu heilen.

Er hatte einfache Speisen mitgebracht – mehrere Burger mit Salat, Tomaten und Gewürzen, Pommes frites und Zwiebelringe, sogar Chicken Nuggets, die sie in die Sauerei tauchte, die von den Burgern tropfte, die sie aß.

Sie sprachen wenig, während sie aßen, aber als das Essen verschwunden war, lehnte sie sich seufzend zurück. »Das habe ich gebraucht.«

»Was du nicht sagst. Ich habe noch nie eine Frau gesehen, die so viel Essen auf einmal verdrückt hat.«

»Unser Erlebnis hat mich erschöpft.«

»Du hättest etwas sagen sollen. Wir hätten früher anhalten können, um eine größere Mahlzeit zu uns zu nehmen.«

»Wir mussten so weit wie möglich weg.«

»Ich glaube nicht, dass es auf die Entfernung ankommt. Wenn der Verräter hinter dir her ist, wird er so lange Truppen schicken, bis sie dich finden.«

»Vielleicht. Vielleicht überlegt er es sich noch einmal, weil er die perfekte Gelegenheit verpasst hat.«

»Der Verräter wird nicht wollen, dass du herumläufst und mit Leuten redest. Ich bezweifle, dass er aufgeben wird, wenn seine Sicherheit auf dem Spiel steht.«

Sie zog eine Grimasse. »Ich kann nicht glauben, dass wir das hier diskutieren. Das Lykosium sollte über so etwas erhaben sein. Verdammt, wir sollten es doch aufhalten.« Sie konnte sich ein Grummeln nicht verkneifen.

»Das Lykosium kann es immer noch.« Er sah sie an, als er das sagte.

Da hatte er recht. Solange sie versuchte, den Verräter zu entlarven, würde er nicht gewinnen. »Ich mache mir Sorgen, dass er versuchen wird, über Kit an mich heranzukommen. Im Nachhinein betrachtet hätte ich ihn wahrscheinlich mitschleppen sollen.«

»Er hätte Poppy nicht verlassen.«

»Nein, das hätte er nicht«, stimmte sie leise zu. Kit hatte seine Gefährtin gefunden, und nichts würde sie mehr trennen. Luna wollte, dass er jemanden hatte, falls die Dinge für sie aus dem Ruder liefen. Sie musterte Lochlan. »Ich muss für seine Sicherheit sorgen. Seine und die von allen anderen.«

»Das heißt, du musst den Verräter entlarven.«

»Leichter gesagt als getan. Wie soll ich etwas finden, das nicht zu existieren scheint? Du bist der Ex-Militärangehörige. Was würdest du vorschlagen?«

»Einen Landser am Boden fragen? Ich bin kein Spion. Normalerweise hat man mich auf das Problem angesetzt und erwartet, dass ich eine tödliche Lösung liefere.«

»Das hilft mir nicht weiter, solange ich keinen Namen habe.« Sie seufzte. »Ich wünschte, ich hätte Zugang zu meinem Computer.«

»Aber den hast du nicht. Was du hast, ist deine langjährige Tätigkeit als Ratsmitglied. Du bist in viele ihrer Geheimnisse eingeweiht. Du hast wahrscheinlich viel mit dieser Person zu tun gehabt. Vielleicht hat er etwas getan oder gesagt.«

»Nicht dass ich wüsste.«

Er versuchte es weiter. »Was ist mit der Haarfarbe? Es kann nicht viele Rothaarige geben.«

»Kits Mutter war die Rothaarige. Und eine Füchsin. Das heißt, sein Vater musste ein Wolf sein.«

»Eine Paarung mit gemischten Spezies sollte eigentlich nicht möglich sein«, erinnerte Lochlan sie.

»Fuchsgestaltwandler sind etwas Besonderes. Angesichts ihrer geringen Anzahl scheint die Natur ihnen die Fähigkeit gegeben zu haben, sich nicht nur mit Menschen fortzupflanzen, sondern auch mit Werwölfen.« Sie erwähnte nicht, dass Füchse und Wölfe nicht die einzigen Werwölfe da draußen waren.

»Ich nehme nicht an, dass ihr DNA-Profile von den Mitgliedern führt? Etwas, das wir mit Kit vergleichen können?«

Sie schüttelte den Kopf. »Bis vor Kurzem hatte ich nie einen von ihnen im Verdacht. Ich kenne diese Leute größtenteils. Wir sind seit Jahren Kollegen und kämpfen für dieselbe Sache. Einige von ihnen können zwar Idioten sein, aber es ist schwer vorstellbar, dass einer von ihnen einen Mörder unterstützen würde.«

»Vielleicht ist es nicht jemand aus dem Rat selbst, sondern einer seiner Lakaien.«

Daraufhin rollte sie mit den Schultern. »Vielleicht. Aber das ist nicht das, was Gerard behauptet hat.«

»Willst du einem Lügner glauben?«

»Woher soll ich wissen, ob es eine Lüge war?« Sie seufzte. »Mein Kopf ist so durcheinander, dass ich kaum noch klar denken kann.«

»Dann schlaf darüber. Morgen früh überlegen wir uns einen Schlachtplan.«

»Schlafen hört sich gut an.« Sie warf einen Blick auf das Bett und sagte dann: »Lass mich raten. Du wirst Wache halten.«

»Ja, aber nicht so, wie du denkst. Ich habe Hilfe gekauft.« Er deutete auf die Plastiktüte, die er mit den Nahrungsmitteln hochgetragen hatte. »Ich habe ein paar Kameras mit Bewegungsmelder mitgenommen.« Er riss Kartons auf und steckte die Geräte in verschiedene Steckdosen.

»Brauchst du Hilfe beim Installieren?«

Er schaute auf die Uhr. »Sie brauchen zwei bis drei Stunden, um für die Nacht ausreichend aufgeladen zu sein. Du kannst in der Zwischenzeit genauso gut schlafen gehen. Ich werde Wache halten.«

Wie auch immer. Sie hatte ihre Sorgfaltspflicht erfüllt und sich angeboten.

Sie hatte erwartet, dass es ihr schwerfallen würde

einzuschlafen, vor allem, wenn er im Zimmer war, aber schon nach kurzer Zeit döste sie weg, träumte und erinnerte sich an das erste Mal, als sie ein Monster geworden war.

Es hatte damit geendet, dass alle tot waren.

KAPITEL NEUN

Lochlan bemühte sich, so leise wie möglich zu sein, als er die Kameras aktivierte und sie mit dem Wegwerfhandy verband, das er gekauft hatte. Nicht dass irgendetwas von dem, was er tat, Luna gestört hätte. Sie schlief schnell ein, mit dem Gesicht von ihm abgewandt, ihr Atem ging langsam und gleichmäßig.

Sie hatte die Ruhe gebraucht. Die dunklen Ringe unter ihren Augen zeugten von ihrer Müdigkeit. Genauso wie die Menge an Nahrung, die sie inhaliert hatte, zeigte, wie viel Energie sie verbraucht hatte. Es war ihm vorher nicht in den Sinn gekommen, dass ihre wilde Gestalt und ihre wahnsinnig schnelle Heilung mehr Treibstoff erfordern könnten. Er würde es sich für das nächste Mal merken, denn er hatte keinen Zweifel daran, dass sie zu leicht davongekommen waren.

Obwohl sie darauf bestand, dass sie nicht verfolgt

wurde, musste er sich das fragen. Deshalb hatte er einen Frequenzdetektor gekauft. Hoffentlich würde er pingen, wenn sie tatsächlich einen Peilsender trug.

Er wartete, bis er sicher sein konnte, dass sie tief schlief, bevor er sich über sie stellte und den Scanner mehrmals hin und her bewegte. Kein einziger Pieps.

Er testete ihn an den ferngesteuerten Kameras, die ein Signal sendeten. Ping. Es funktionierte also doch. Vielleicht war sie tatsächlich sauber. Aber er würde kein Risiko eingehen.

Zu dieser späten Herbstzeit ging die Sonne früh unter und es war unwahrscheinlich, dass noch jemand unterwegs war. Sobald die Nacht hereinbrach, machte er sich auf den Weg nach draußen. Für den nächsten Teil konnte er nicht vermeiden, gesehen zu werden. Andererseits war es für ihn in Ordnung, jeden, der ihn beobachten könnte, wissen zu lassen, dass er auf ihn wartete. Sie würden es sich vielleicht zweimal überlegen, bevor sie angriffen.

Zweifelhaft. Lochlan wusste alles über entschlossene Leute.

Unter dem Vorwand, eine Zigarette zu rauchen, wanderte Lochlan umher und hielt an den Stellen inne, an denen er Kameras anbringen wollte. Mit dem doppelseitigen Klebeband, das er gekauft hatte, klebte er die Kameras an verschiedene Stellen auf dem Weg zum Zimmer, und alle übermittelten ihre Bilder an das Handy, das er gekauft hatte. Er steckte sogar seinen Kopf aus dem Fenster des Badezimmers und befestigte zwei Kameras an der Wand, von denen eine nach oben und die andere nach unten gerichtet war. Insgesamt waren es sieben Kameras. Wenn sie eine ruhige Nacht verbrachten, würde er sie mitnehmen, bevor sie gingen. Er wollte nicht, dass die fast sechshundert Dollar, die sie gekostet hatten, umsonst waren. Wenigstens hatte der Verkäufer ihn nicht einmal gefragt, warum er so viele brauchte.

Als die Sicherheitsvorkehrungen getroffen waren, tätigte er einen anonymen Anruf. Nach dreimaligem Klingeln ging niemand ran, also legte er auf und wartete, bevor er erneut wählte.

Amarok nahm sofort ab, sagte aber nichts.

»Hast du daran gedacht, die Kuh weiden zu lassen?« Der Code für *Alles ist gut*.

»Ja, sie hat mich aber wieder getreten.« Das bedeutete *Die Leitung ist frei*. Sie konnten frei reden.

»Hast du eine Minute Zeit zum Plaudern?«, fragte Lochlan.

»Ja, gib mir nur eine Sekunde.«

Er hörte das Geräusch einer sich öffnenden und schließenden Tür und dann den Lärm einer Schnellstraße. Sein Rudelalpha war noch nicht zu Hause. Er hatte noch mindestens einen Tag oder länger zu fahren.

»Okay, ich glaube, wir sind sicher. Wo bist du?«, fragte Amarok.

»Am Arsch der Welt.« Lochlan rieb sich das Gesicht und wünschte, er könnte mehr sagen, aber für den Fall, dass der Verräter des Lykosiums Amaroks Telefon angezapft hatte, konnte er das Risiko nicht eingehen.

»Geht es dir gut? Brauchst du mich?« Amarok würde kommen, wenn Lochlan es wollte.

Als wäre Lochlan so schwach. Aber es war gut zu wissen, dass der Mann sich sorgte. »Mir geht es gut. Mehr als gut. Ich mache nur eine kleine Rundreise mit meiner Freundin. Ich dachte, wir fahren an der Küste entlang, sehen uns die Sehenswürdigkeiten an und gehen barfuß am Strand.« Amarok wusste, wie sehr Lochlan Sand hasste. Aber hier ging es darum, eine falsche Geschichte zu erzählen, die auch als Warnung dienen würde.

»Klingt nach Spaß.«

»Jup.« Er täuschte Begeisterung vor und versuchte dann, nicht zu heiser zu klingen, als er sagte: »Ich werde Poppys Kochkünste vermissen. Ihr neuer Freund ist ein Glückspilz.« Verstand Amarok, was Lochlan sagen wollte?

»Apropos ihr Freund«, sagte Amarok, »macht es dir was aus, wenn Poppy und Kit bei dir wohnen, während du weg bist? Es könnte ein bisschen eng werden, wenn sie sich die winzige Hütte mit ihrem Bruder teilen müssen.«

»Nur zu. So lange, wie es nötig ist.«

»Ich werde die Bettwäsche verbrennen, bevor du zurückkommst.«

»Igitt. Erinnere mich nicht daran.« Poppy war wie

eine Tochter für ihn. »Sorge dafür, dass er sich um sie kümmert.«

»Oh, ich werde sie gut im Auge behalten, mach dir keine Gedanken.«

Er seufzte fast erleichtert, als Amarok ihm bestätigte, dass er verstanden hatte. Auf Poppy würde man aufpassen müssen. Als Kits Gefährtin könnte sie in Gefahr sein.

»Wir werden wohl eine Weile nicht zurückkommen.«

Amarok sagte eine Sekunde lang nichts. »Pass auf dich auf. Ruf an, wenn du irgendwo stecken bleibst.«

»Das werde ich.« Eine leise Antwort.

Amarok milderte die Stimmung mit: »Es wurde Zeit, dass du Urlaub machst, du widerspenstiger Mistkerl.«

»Ich schätze, ich musste nur die richtige Frau finden.« In dem Moment, in dem er das sagte, wollte Lochlan sich am liebsten erschießen. Schnell beendete er das Gespräch. »Ich sollte gehen. Wir werden morgen früh aufbrechen, damit wir es noch zu dem historischen Park schaffen, von dem sie immer wieder erzählt.«

»Gute Reise, mein Freund.«

»Dir auch«, murmelte Lochlan und legte auf. Es brachte ihn um, nicht mit Amarok und den anderen nach Hause zu gehen, vor allem weil er wusste, dass sie in Gefahr sein könnten. Aber Luna brauchte ihn mehr als sein fähiger Alpha. Wenn irgendjemand zugehört hatte, würde er hoffentlich seine Aufmerksamkeit vom Feral Pack abwenden.

Kommt mir nach. Er würde ihnen eine Lektion erteilen, die sie nicht vergessen würden. Nachdem die Sicherheitsmaßnahmen eingerichtet waren, stieg er die Treppe zu seinem und Lunas Zimmer hinauf. Als er dort ankam, piepte sein Handy mit den Warnmeldungen der Kameras, die seine Bewegung aufzeichneten. Gut zu sehen, dass alles funktionierte. Er ließ die Lautstärke der Telefonbenachrichtigungen auf hoch gestellt.

Als er das Zimmer betrat, spürte er, wie sich seine Anspannung beim Klang ihres gleichmäßigen Atems löste. Komisch, dass er seine Angst erst bemerkte, als sie sich gelegt hatte.

Er zog sich bis auf seine Boxershorts aus und legte sich auf das Bett parallel zu dem ihren, getröstet durch ihre Anwesenheit, obwohl er sich ihrer nur zu bewusst war.

Meine Gefährtin.

Die Gewissheit traf ihn jedes Mal härter, wenn er in ihre Nähe kam, als wäre es eine ausgemachte Sache. Vor einer Woche hätte er noch über diese Vorstellung gespottet.

Lochlan war ein alter Hund in den späten Vierzigern, und manche würden sagen, dass er zu sehr in seinen Gewohnheiten verhaftet war, um jemals zu heiraten. Es bräuchte schon eine besondere Art von

Frau, die seine mürrische Art akzeptieren würde. Von seinen Albträumen ganz zu schweigen.

Gut, dass er nicht vorhatte zu schlafen. Das tat er nie ohne seine Pillen, und wenn er bedachte, wie sehr sie ihn betäubten, konnte er das nicht riskieren, nicht angesichts der Gefahr, die sie verfolgte. Er wusste es besser, als die Augen zu schließen und sich von den Albträumen überwältigen zu lassen.

Besser, er blieb wach. Morgen würde er ein Nickerchen machen, während sie fuhr.

Das war der Plan.

Nur hatte er nicht mit seiner Müdigkeit gerechnet. Ehe er sichs versah, schlief er. Als hätte er in den Schatten gewartet, schlug der Albtraum zu.

KAPITEL ZEHN

Luna wachte durch ein Geräusch auf. Ein Stöhnen, um genau zu sein, und es war nicht von ihr gekommen. Sie lag still und lauschte. Atmete. Sie roch Lochlan im Zimmer. Hörte ihn atmen. Dann murmelte er: »Lass mich in Ruhe.«

Sie hätte es ignorieren können, aber sie fühlte sich zu seinem Bett hingezogen. In der Ruhe entspannten sich seine Gesichtszüge und sie konnte ohne Bedenken auf die kantige Linie seines Kiefers starren, die in dem düsteren Raum kaum zu sehen war. Seine Stirn war in Falten gelegt, als er im Schlaf eine Grimasse zog. Das Bett knarrte, als er sich bewegte, und sein Kopf drehte sich von einer Seite zur anderen. Er war ein Mann in den Fängen eines Albtraums.

Sie streckte eine Hand aus, um ihn zu beruhigen. In dem Moment, in dem ihre Haut die seine berührte, wurde sie hineingezogen.

»UNTEROFFIZIER LOWIN, *antreten und im Kommandozelt melden.*«

»*Ja, Sir.*«

Lowin machte eine steife Kehrtwende und marschierte los, denn er wusste, dass er nicht trödeln durfte, wenn der knallharte Leutnant Murdock zusah. Er würde ihn Liegestütze machen lassen, bis seine Arme wieder wie Wackelpudding wären.

Auf dem Weg zum Kommandozelt traf er auf Lochlan, der erst vor Kurzem aus der Krankenstation entlassen worden war und immer noch hinkte. Der Granatsplitter, den er abbekommen hatte, hatte ein Stück aus seiner Wade gerissen, das weder durch Medizin noch durch gute Gene behoben werden konnte.

»*Lochlan, hey, wie geht's?*« *Lowin unterhielt sich kurz mit dem anderen Soldaten, einem seiner wenigen Freunde im Lager.*

»*Es geht so.*« *Lochlan zuckte mit den Schultern.* »*Ich habe gerade meine Entlassungspapiere und meinen Flug nach Hause bekommen.*«

»*Du gehst?*«

»*Ich habe keine andere Wahl.*« *Er klopfte sich auf den Oberschenkel.* »*Anscheinend werde ich nie wieder diensttauglich sein und ich bin nicht dafür gemacht, Bürohengst oder Koch zu sein.*«

»*Scheiße. Was willst du denn jetzt machen?*«

Lochlan zuckte mit den Schultern, seine dünne Gestalt war seit dem Unfall noch schlanker geworden. Das Essen im Feldlager half einem Kerl nicht gerade dabei, Gewicht anzusetzen. »Ich weiß es nicht. Wahrscheinlich werde ich Farmer, wie mein Vater es wollte.«

»Mein Beileid.« Lowin wusste, wie sehr Lochlan die Vorstellung hasste. Das war der Grund, warum er überhaupt erst beigetreten war.

Lochlan lachte leise. »Ich schätze, ich sollte versuchen, etwas daran zu finden, das mir gefällt, denn es ist jetzt der einzige Job, für den ich gut bin.«

»Viel Glück.« Sie schüttelten sich die Hände und Lowin ging zum Kommandozelt.

Ein Militärpolizist, der draußen stand, blaffte: »Was willst du, Soldat?«

»Mir wurde gesagt, ich solle mich vorstellen.«

»Und du bist?«

»Unteroffizier Lowin.«

Der Militärpolizist starrte ihn an, bevor er seinen Kopf ins Zelt steckte. »Ein Landser ist hier. Er sagt, er wurde gebeten zu kommen, Sir. Ein Unteroffizier Lowin.«

»Schicken Sie ihn rein.«

Als er eintrat, bemerkte er zwei Personen im Zelt. Den General mit seinem kahlen Schädel und den hageren Wangen. Obwohl er im Zelt nicht rauchen sollte, hatte er den Stummel einer Zigarre zwischen die Lippen geklemmt. Bei ihm war ein jüngerer Offizier, höchstens vierzig, mit einem Geruch, der Lowin verwirrte, vor allem weil er keinen hatte.

Als er merkte, dass er starrte, nahm Lowin Haltung an, salutierte und lenkte den Blick geradeaus.

»Rühren, Unteroffizier«, befahl der General.

Er verschränkte die Hände hinter seinem Rücken.

»Ich habe Sie gerufen, um Oberst Mayflower kennenzulernen.«

Er salutierte schnell.

»Oberst Mayflower hat den Auftrag, einige Soldaten für eine Spezialeinheit zu rekrutieren. Und Sie haben Glück, Sie wurden ausgewählt.«

»Danke?« Er konnte sich den fragenden Tonfall nicht verkneifen, denn er war sich nicht sicher, warum er ausgewählt worden war. Er hatte nichts getan, was ihn von den anderen abhob. Die erste Regel, die ein Werwolf lernte, war, niemals aufzufallen.

»Sie sollten mir danken, denn es ist eine Ehre, Soldat.« Der Oberst hatte trotz seines Alters einen harten Blick.

Der General grunzte. »Sie sollen Ihre Sachen packen und sich darauf vorbereiten, heute Abend abzureisen.«

»Heute Abend?« Für einen Moment vergaß er, mit wem er sprach.

Der Oberst wies ihn zurecht. »Gibt es ein Problem, Unteroffizier?«

»Nein, Sir. Ich werde bereit sein.«

Lowin und ein anderer Kerl, den er noch nie zuvor

gesehen hatte – ebenfalls ein Werwolf. Zufall? –, verließen in dieser Nacht mit Oberst Mayflower im Schutz der Dunkelheit das Lager. Lowin und der andere Kerl sahen sich an, sagten aber nichts, da der Oberst und der Fahrer möglicherweise zuhörten.

Sie endeten auf einer Landebahn und wurden in ein weniger aktives Gebiet geflogen als der Sektor, in dem sie sich während der letzten Jahre zur Verteidigung aufgehalten hatten.

In dem viel kleineren Militärlager gab es nur wenige Truppen, nach seiner Zählung mit fünf Werwölfen. Alle anderen waren Menschen, auch der Arzt, den er am Tag seiner Ankunft kennenlernte.

»Melden Sie sich bei Dr. Itranj, bevor Sie zu den anderen gehen«, befahl der Oberst.

Das Sanitätszelt mit dem roten Kreuz auf der Zelttür war leicht zu finden.

Als er eintrat, schlug ihm der Geruch von Antiseptika entgegen. Er rümpfte die Nase.

Ein Mann, der durch ein Mikroskop schaute, hob den Kopf. »Kann ich Ihnen helfen?«, fragte er.

»Ich soll zu einem Dr. Itranj.«

»Ah, ein neuer Rekrut. Ausgezeichnet.« Der Arzt stand auf und Lowin nahm sein Aussehen in Augenschein. Das runde Gesicht passte zu dem rundlichen Körper. Sein langes Haar, das von Fett oder Schweiß durchtränkt war, trug er offen. Er trug das, was Zivilisten als Wüstenkleidung bezeichneten: eine beigefarbene Hose, *ein Hemd und eine Leinenweste mit vielen Taschen. Ihm fehlte nur der lächerliche Hut. Über sein Outfit hatte er einen fleckigen, langen, weißen Mantel geworfen.*

Lowin verbrachte die nächste Stunde damit, untersucht zu werden. Er wurde gewogen und vermessen. Sein Blutdruck wurde gemessen, außerdem wurden ihm Blut und Abstriche von verschiedenen Körperteilen entnommen.

»Wofür ist das alles?«, fragte er, überrascht von der Gründlichkeit der Untersuchung.

»Das brauchen wir für die Basisdaten«, murmelte der Arzt. Er wedelte mit der Hand, als er zu seinem Mikroskop zurückkehrte. »Sie können jetzt gehen. Ich rufe nach Ihnen, wenn ich bereit bin.«

Bereit für was?, fragte er sich.

Nachdem er gegangen war, stellte er fest, dass es nicht viele Möglichkeiten gab, was er als Nächstes tun sollte. Am Nachmittag gab es kein Essen mehr im Cafeteria-Zelt. Er bezweifelte, dass der Oberst ihn sehen wollte. Munition war normalerweise tabu, es sei denn, er rüstete sich für eine Übung aus. So blieb nur das übergroße Kasernenzelt.

Als er es betrat, hielt er inne und bemerkte schnell, dass jede einzelne Person darin Werwolf war.

Jede.

Einzelne.

Person.

Mist.

Einige trugen grimmige Mienen. Ein paar waren verzweifelt.

Er warf einen Blick über die Schulter, bevor er tiefer ins Innere trat und sagte: »Hey.«

Ein Mann, den er später als Jarrod kennenlernte, schnitt eine Grimasse. »Ich würde sagen, willkommen, aber das wäre gelogen.«

»Was ist hier los?«, fragte er.

Jarrods Lippen verzogen sich, als er sagte: »Dein schlimmster Albtraum.«

Und das war alles, was er sagte. Keiner von ihnen sprach viel, vor allem weil die Auswirkungen schmerzen könnten. Dafür sorgte Feldwebel McLean, derselbe, der Lowin ausgewählt hatte. Es dauerte einige Tage, bis er das Ausmaß der Verderbtheit in dem Speziallager herausfand.

Ein paar Tage nach seiner Ankunft wurde er von Dr. Itranj ins Sanitätszelt gerufen, wo er eine weitere Untersuchung erwartete. Er dachte sich nichts dabei, auf eine Trage gelegt zu werden. Aber er protestierte, als der erste Gurt um sein Handgelenk gelegt wurde.

»Was machen Sie da?« Er zerrte und griff danach, um es loszubinden.

»Nicht abnehmen. Es ist zu Ihrer eigenen Sicherheit.«

Das bezweifelte er sehr, als er versuchte, die Metallfeder zu lösen. »Ich brauche keine Behandlung, mir geht es gut.«

»Als Soldat haben Sie eine Vereinbarung unter-

schrieben, die es dem Militär erlaubt, Sie so zu behandeln, wie wir es für nötig halten«, erklärte Itranj.

»Über welche Art von Behandlung reden wir denn?«, fragte er misstrauisch.

»Nur eine Injektion. Völlig sicher. Jeder in Ihrer Einheit hat sie bereits bekommen.«

»Bekommt man davon einen schweren Fall von Mürrischkeit?« Denn jeder einzelne seiner Kameraden in diesem Lager schien an einer Dauerzitrone zu nuckeln und einen Schritt davon entfernt zu sein, sich eine Waffe in den Mund zu stecken.

»Es soll Sie auf Missionen schützen.«

»Wenn es gut für mich ist, warum dann die Gurte?«

»Weil es in seltenen Fällen zu unwillkürlichen Muskelkrämpfen führen kann. Das soll verhindern, dass Sie sich selbst oder andere verletzen.«

Das klang plausibel, und in diesem Alter war er noch sehr leichtgläubig. Er lag wie ein Lamm und nicht wie ein Wolf, als Dr. Itranj seine Hand- und Fußgelenke fesselte. Er spreizte sogar seine Lippen für den Mundschutz, damit er sich nicht auf die Zunge biss. Wahrscheinlich war das nicht nötig. Er hatte schon immer eine hohe Schmerztoleranz gehabt.

Die Nadel erschien, gefüllt mit einer trüben Flüssigkeit und größer als alles, was er je gesehen hatte. Der Arzt tupfte seinen Arm ab und stach dann in sein Fleisch. Zuerst spürte er nichts.

Dann entzündete sich sein Arm!

Nicht buchstäblich und doch fühlte er sich an, als

würde er brennen. Er wölbte sich und stieß sogar durch den Mundschutz einen Schrei aus, als er sich gegen die Fesseln stemmte und bockte.

Teile von ihm bewegten sich unwillkürlich. Seine Zähne schoben sich über die Lippen und ragten heraus. Seine Beine verdrehten sich und Fell erschien an einigen Stellen seines Körpers.

Der Arzt schaute zu, eine Krankenschwester mit einer Kamera zeichnete auf, und niemand kümmerte sich darum, dass er sich quälte. Diese Leute scherten sich einen Dreck darum, weil sie ihn, wie er später herausfand, nicht als Person betrachteten. In ihrem Sinne experimentierten sie an einem Tier.

Es dauerte Stunden, bis die Schmerzen und die Wirkung des Serums nachließen. Als sie ihn wieder in der Kaserne absetzten, war er schlaff und seine Stimme heiser.

Die anderen Werwölfe schwiegen, als sie ihm ins Bett halfen. Am nächsten Tag konnte er trotz des Geschreis des Feldwebels nicht aufstehen. Teile von ihm blieben verwandelt.

Es dauerte drei Tage, bis er wieder normal war. Die nächsten vier trainierte er mit den anderen, wobei er bereits genauso stumm war. Denn er sah, was mit den Tieren geschah, die aus der Reihe tanzten.

Sie gingen zum Arzt.

Selbst gutes Benehmen bewahrte ihn nicht vor einem weiteren Besuch, weshalb er ein paar Wochen nach seiner Ankunft murmelte: »Wir sollten gehen.«

*Antoine hörte ihn und stieß ein kurzes Lachen aus.
»Es ist Selbstmord, es zu versuchen.«*

»Wenn wir fliehen, können sie uns nichts tun.«

»Wir können aber nicht fliehen. Nicht mit den Chips.« Jarrod klopfte sich auf die Brust.

»Welcher Chip?«, fragte er dummerweise.

Als hätte ein grausamer Gott zugehört, entdeckte er noch am selben Tag einen der Zwecke des Chips.

Es geschah während ihrer Übungsstunde. Der Oberst erschien zu einem seiner seltenen Auftritte und behielt sein vertrautes, süffisantes Grinsen bei, das Lowin bereits kannte. Das Arschloch dachte, er sei so groß und mächtig. Das machte Pedro zu schaffen. Plötzlich schrie er: »Dreckiger Mensch.«

Pedro packte den Oberst am Revers, hob ihn hoch und schleuderte ihn über den Trainingsplatz. Der Oberst schlug hart auf und Pedro stürzte sich auf ihn, um ihn zu erledigen. Aber er zuckte mitten im Sprung zusammen und schlug zitternd und bebend auf dem Boden auf, das Gesicht vor Schmerz verzerrt. Es dauerte – für immer – ein paar Minuten. Pedro bekam Schaum vor dem Mund und seine Augen rollten zurück. Die Zuckungen hörten plötzlich auf.

»Ist er tot?«, flüsterte Lowin.

»Nein. Aber er wird sich wünschen, dass sie ihn umgebracht hätten«, erwiderte Jarrod düster.

Als Pedro ein paar Tage später zurückkam, hatten sie ihm die Frechheit ausgeprügelt und ihm etwas angetan, das seine Ohren pelzig gemacht hatte. Unmensch-

lich. Sie hatten es Pedro unmöglich gemacht zu entkommen.

Das war ernüchternd. Lowin hielt sich raus. Er unterzog sich ihren Tests. Er nahm an ihren Missionen teil. Er wurde öfter angeschossen, als er dachte, dass ein Mann es überleben könnte.

Als sie drei Kugeln aus ihm herausholten, sah er sie am Rande seiner Trage stehen.

»Luna?« Er runzelte die Stirn, als er es sagte, denn er erkannte sie und war gleichzeitig verwirrt. Das war nicht richtig. Sie sollte nicht hier sein. Sie gehörte zu seiner Zukunft. Nicht zu seiner Vergangenheit.

Und doch stand sie da und beobachtete die Ärzte, die an ihm arbeiteten, ihre Lippen zu einer dünnen Linie zusammengepresst, unbemerkt von den Mitarbeitern, die ihn wieder einmal zusammennähten.

Als sie ihn mit Schläuchen in den Armen und dem vertrauten Piepen der Maschinen um ihn herum zurückließen, sprach sie endlich.

»Wie lange haben sie dich gefoltert?«

Obwohl es ein Traum war, antwortete er: »Ich war elf Jahre lang in ihrer Gewalt.«

Sie holte tief Luft.

»Ich war ihre längste Versuchsperson.« Er grinste sie schief an.

»Das tut mir leid.«

»Das muss es nicht. Ich habe überlebt.« Aber manchmal wünschte er sich, er hätte es nicht getan.

»Du hast vielleicht überlebt, aber du hast es nicht vergessen.«

»Das kann ich nicht.« Das war er denjenigen schuldig, die nicht mit ihm geflohen waren.

»Ich habe etwas Ähnliches durchgemacht. Ungefähr genauso lange.«

»Du wurdest von Menschen für die Wissenschaft gespritzt und gefoltert?«, fragte er sarkastisch.

Sie nickte.

Er starrte sie an. »Warte, meinst du das ernst?«

»In meinem Fall haben sie mich aus einem Waisenhaus geholt.«

»Wie alt warst du?«

»Alt genug, um zu verstehen, dass es sehr böse Leute auf der Welt gibt.«

Piep. Piep. Die Maschinen in seinem Traumzimmer liefen weiter, als wollten sie ihn an das Hässliche erinnern. Er zog es vor, die hübsche Frau anzustarren, die die Dunkelheit in seinem Inneren vielleicht sogar verstehen könnte.

»Ich wusste immer, dass es böse Leute gibt. Ich habe mich gemeldet, um vor ihnen zu fliehen. Es hat sich herausgestellt, dass sie überall sind. Manche tragen nur ein vermeintlich seriöseres Gesicht.«

»Wie bist du rausgekommen?«, fragte sie.

»Buchstäblich durch Zufall. Ein Hubschrauber stürzte ab und die Verletzung, die ich mir zuzog, legte den Peilsender frei. Ich sah meine Chance und nutzte sie.«

»*Um unterzutauchen, hast du den Namen deines Freundes angenommen.*«

»*Das schien mir sicherer. Als ich geflohen bin, wusste ich nicht, wohin ich gehen oder wen ich um Hilfe bitten sollte. Ich verbrachte einige Zeit auf der Straße und lebte wie ein Tier. Aus irgendeinem Grund erinnerte mich das an Lochlan. Er war leicht zu finden, denn er hat die Farm nach dem Tod seines Vaters übernommen.*«

»*Wie hast du ihn dazu gebracht, seinen Namen aufzugeben?*«

»*Das habe ich nicht. Als ich ihn fand, war er krank. Richtig krank. Er hatte eine Art Unwohlsein, das die Ärzte nicht in den Griff bekamen. Aber er wollte mir trotzdem helfen. Er war es, der mir sagte, ich solle sein Leben übernehmen, da er nicht mehr viel Zeit hatte.*«

»*Warum hast du nicht das Lykosium kontaktiert?*«

Er verzog die Lippen. »*Weil ich ihm nicht vertraut habe. Man hat mich vielleicht über einen Haufen Scheiße im Unklaren gelassen, aber ich war elf Jahre lang in der Hölle. In dieser Zeit hört man Dinge. Man sieht Dinge. Ich glaube, das Lykosium wusste, was das Militär tat.*«

»*Wir würden niemals Experimente dulden.*«

»*Aber ich wette, euer Verräter würde es tun.*«

Sie presste die Lippen aufeinander. »*Wir werden ihn finden. Das verspreche ich dir.*«

»*Willst du es mit einem Kuss besiegeln?*«

»Flirtest du schon wieder?« Sie zog eine Augenbraue hoch.

»Hätte ich stattdessen damit anfangen sollen, dass du hübsch bist?«

Ihre Mundwinkel zuckten. »Wenn du das so sagst ...«

»Komm her.«

»Oder was?«, stichelte sie. Aber sie lehnte sich über das Traumbett.

»Ich bin verletzt. Solltest du mir nicht besser anbieten, mich zu küssen?«

»Ich kann eine Erinnerung nicht heilen.«

»Aber du könntest einen Albtraum weniger schrecklich machen.« Er glaubte keinen Moment lang, dass Luna wirklich in seinem Traum war. Und doch verhielt sie sich genau so, wie er es erwarten würde.

Bis auf die Stelle, an der ihre Lippen seine berührten.

Erschrocken hielt er den Atem an und erstarrte. Mit dem Mund glitt sie über seinen, neckte und liebkoste ihn. Sie küsste ihn wirklich. Und es war ihm egal, ob er es sich nur einbildete. Er erwiderte ihre Umarmung und hätte vielleicht noch mehr getan, wenn die Maschinen, die an ihm hingen, nicht immer lauter gepiept hätten und –

KAPITEL ELF

Das unaufhörliche Läuten weckte Luna und sie brauchte eine Sekunde, um zu merken, dass sie mit Lochlan auf dem Bett lag, die Hand flach auf seiner Brust, die mit dem gleichmäßigen Schlag seines Herzens vibrierte. Das Klingeln eines Telefons störte den intimen Moment erneut.

Lochlan setzte sich abrupt auf und griff mit einem gemurmelten »Scheiße« nach dem Nachttisch.

»Was ist los?«

»Irgendetwas hat die Kamera ausgelöst.«

Sie musterte ihn durch das Licht des Telefondisplays, intensiv und ernst. »Geht es dir gut?«

»Warum sollte es mir nicht gut gehen? Ich bin schon einmal neben einer Frau aufgewacht. Und obwohl ich gern behaupten würde, dass ich noch nie während einer Wachschicht eingeschlafen bin, wäre das eine Lüge. Tut mir leid. Ich war wohl doch müder, als ich dachte.« Er blickte durch die Bilder auf seinem Handy. »Falscher Alarm. Sieht aus, als würden die Leute spät in ihre Zimmer kommen.« Er legte das Telefon zur Seite.

»Du warst in einem Albtraum gefangen. Das habe ich gemeint, als ich gefragt habe, ob es dir gut geht.«

»Leute haben Albträume. Das ist keine große Sache.«

»Doch, wenn du deine schlimmsten Momente noch einmal durchlebst.«

Er hielt inne und sah sie an. »Wie bitte? Woher willst du wissen, was ich geträumt habe?«

»Weil ich es gesehen habe. Die Art und Weise, wie du rekrutiert wurdest. Die Dinge, die sie dir angetan haben.«

Seine Augen weiteten sich. »Warte, du warst wirklich in meinem Kopf?« Schnell zog er die Augenbrauen zusammen. »Ich habe nie gesagt, dass du das darfst.«

»Es war keine Absicht, das versichere ich dir. Ich wollte dich nur aus deinem Albtraum wecken und wurde irgendwie hineingezogen. Alles, was ich gesehen habe ...« Sie brach ab.

»Ja. Es ist alles passiert.« Er hielt inne, bevor er leise hinzufügte: »Was ist mit dir? Du sagtest, an dir wurde auch experimentiert.«

Sie nickte. »Ein einzelner Arzt, der nichts mit dem Militär zu tun hatte. Und anstatt meinen Tod vorzutäuschen, um zu entkommen, wurde ich vom Lykosium gerettet.« Sie ließ den Teil aus, dass es niemanden mehr gegeben hatte, vor dem sie gerettet werden musste, als die Vollstrecker eintrafen. Das Monster hatte sie alle erwischt.

»Eine Rettung durch das Lykosium erklärt deine Loyalität zu den Mitgliedern. Aber verzeih mir, wenn ich mich im Gegenzug nicht wohlig warm fühle.«

»Ich bin sicher, wenn sie –«

»Sie wussten es. Die Dinge, die ich mitgehört habe, deuteten darauf hin, dass das Lykosium mit denen, die mich und die anderen gefoltert haben, unter einer Decke gesteckt hat.«

»Ich weigere mich, das zu glauben. Ich würde mein Leben darauf verwetten, dass das alles das Werk des Verräters war.«

»Will heißen, er ist schon seit mindestens zwei Jahrzehnten dabei.«

Sie öffnete und schloss den Mund, als die Wahrheit sie mit ihrer Offensichtlichkeit überraschte. »Daran habe ich gar nicht gedacht. Wenn er es so lange vertuscht hat, schränkt das den Kreis der Verdächtigen wirklich ein.«

»Ist ein Ratsmandat nicht auf Lebenszeit?«

»Mehr oder weniger. Eine Person kann sich zurückziehen, wenn sie will, und wenn jemand geistig nicht mehr in der Lage ist, kann er oder sie auch abgesetzt werden. Dann gibt es noch die Abwahl durch Tod.«

»Wie auch immer. Wie viele Ratsmitglieder sind

schon so lange dabei, dass sie Verbrechen über zwei Jahrzehnte hinweg vertuscht haben könnten?«

Die Frage ließ sie die Stirn runzeln und sie knabberte an ihrer Unterlippe. »Fünf. Denke ich. Vielleicht auch sechs.«

»Das schränkt unsere Suche ein.«

»Zwei würden so etwas sicher nicht tun«, fügte sie schnell hinzu. Keira und Lomar waren nicht einmal bereit, einen Käfer zu zerquetschen. Sie konnte sich nicht vorstellen, dass sie das Abschlachten und Quälen ihrer Artgenossen gutheißen würden.

»Sag niemals nie. Es ist immer der nette Kerl, der perfekte Nachbar, der am Ende der Serienmörder ist.« Eine ernüchternde Erinnerung.

Piep. Piep.

Er seufzte, als sein Telefon wieder anfing zu klingeln. »Die verdammten Kneipen machen zu und es geht zu wie –« Er brach ab und sie bemerkte, wie er die Stirn runzelte, bevor er blaffte: »Zieh dich an und mach dich aufbruchbereit.«

»Warum?«

»Wir kriegen gleich Besuch.« Er warf das Handy auf das Bett und sie beugte sich vor, um einen Blick auf das Display zu werfen, als er aufstand. Sie sah, wie jemand in Kampfmontur und mit einer Waffe auf die Treppe zuging.

Der Anblick veranlasste sie, sich schnell zu bewegen, ihre Schuhe anzuziehen und ihre Brieftasche und ihr Geld in die Taschen zu stopfen. Sie verzichtete auf einen BH und griff stattdessen nach ihrer Jacke.

Lochlan hatte sein Ohr an die Tür zum Balkon gepresst. Er sprach nicht, sondern zeigte ihr vier Finger. Vier bewaffnete Leute waren auf dem Weg zu ihrem Zimmer.

Es war richtig von ihm gewesen, so vorsichtig zu sein. Sie tippte ihn an und legte den Kopf schief, um ihn zu fragen: *Was jetzt?*

Sie konnten nicht durch die Tür gehen. Sein Telefon piepte erneut und er zischte, als er danach griff und es auf lautlos stellte. Hatte es jemand gehört?

Er wischte durch die Bilder, zeigte auf das Badezimmer und murmelte: »Kein Ausgang.« Der hintere Teil des Motels wurde bewacht.

Es sah so aus, als würden sie kämpfen müssen. Zwei gegen wer weiß wie viele. Keine guten Aussichten.

Lass mich raus, dann kümmere ich mich darum, dachte sie. Das Monster in ihr pulsierte und schrie nach Blut.

Sie würde nicht nachgeben. Nicht jetzt. Niemals.

Lochlan neigte den Kopf und schaute nach oben. Die Decke des Raumes war aus Stuck, bis auf eine Stelle, an der ein überdimensionaler Montagedeckel angebracht worden war. Er war verriegelt. Als würde das einen entschlossenen Mann aufhalten.

Offensichtlich hatte er diese Eventualität eingeplant, denn er zog ein Brecheisen aus einer Einkaufstasche. Er steckte es in den Spalt zwischen dem Deckel und der Decke. Sie fragte sich, warum er wartete.

Knall. Knall. Knall. Der Schock über das Hämmern an der Tür nebenan erregte ihren Blick. Es würde nicht lange dauern, bis die Eindringlinge in Zimmer vierzehn merkten, dass sie getäuscht worden waren. Und wenn sie Gestaltwandler waren, würden sie riechen, wo sie und Lochlan waren.

Als sie sich umdrehte, sah sie, dass Lochlan den Lärm genutzt hatte, um das Geräusch zu überdecken, mit dem er den Deckel aufhebelte. Er nahm die Hände zusammen und sie zögerte nicht. Als sie in seine verschränkten Finger trat, hievte er sie auf den Dachboden.

Es war weniger ein Dachboden, sondern eher ein Kriechraum. Sie konnte nicht aufrecht stehen und tiefes Atmen war aufgrund der Gerüche, die von schimmeliger Isolierung und Mäusekot ausgingen, unangenehm.

Sie ging aus dem Weg, als Lochlan noch immer stumm schnell folgte. Wie gut konnten die Leute im Nebenraum hören? Keine Ahnung, und sie hatte auch nicht vor, das herauszufinden. Lochlan bewegte sich an ihr vorbei, ein wenig zusammengefaltet und leichtfüßig, während er mit den Füßen fest auf den Balken stand, die ein Gitter bildeten und die Decken der Räume unter ihnen hielten.

Sie war sich nicht sicher, wie ihnen das helfen würde, bis er ihr signalisierte, dass sie am anderen

Ende anhalten sollte. Er stützte sich ab und trat mit einem kräftigen Tritt gegen eine Falltür, die in eine Waschküche führte. Er sprang zuerst hinunter und streckte dann seine Arme nach ihr aus. Nicht dass sie seine Hilfe gebraucht hätte. Sie zögerte jedoch, als sie in der Ferne Rufe hörte.

Sie sprang hinunter und murmelte: »Sie kommen.«

Zu ihrem Glück ließ sich der Türgriff von innen drehen, ein Sicherheitsmechanismus, der verhinderte, dass die Arbeiter in der Waschküche eingeschlossen wurden. Sie kamen im Flur am anderen Ende des Motels heraus, direkt neben einer Treppe. Ein Blick zurück zeigte, dass jemand aus Zimmer dreizehn kam, sie entdeckte und rief: »Sie sind draußen!«

»Los geht's.« Lochlan lief die Treppe hinunter und sie eilte hinter ihm her. Diejenigen, die über ihnen waren, versuchten, sie zu fangen, aber ihr Verhalten erregte die Aufmerksamkeit der anderen Motelgäste.

Ein streitlustiger Mann rief: »Was zum Teufel ist hier los?«

Das hielt ihre Verfolger auf, aber für wie lange? Luna wusste nicht, wie sie ihnen entkommen konnten, vor allem weil Lochlan kein Interesse zeigte, auf ihr Fahrzeug zuzulaufen.

Er schien kein Ziel vor Augen zu haben. Er lief, ohne sich umzusehen, ob sie ihm folgte. Das war arrogant von ihm, aber wo sollte sie sonst hingehen? Sie hatte ihn ehrlich gesagt für paranoid gehalten. Wie hatten sie gefunden werden können? Sie hatten keine Spur hinterlassen.

Vielleicht waren Gerard und seine Männer im Wald vor der Hütte auf ihren Geländewagen gestoßen und hatten die Information an den Verräter weitergegeben. Eine beschissene Theorie, denn selbst mit ihrem Nummernschild wäre es, außer von einem Polizisten angehalten zu werden, nicht einfach gewesen, ihn ausfindig zu machen.

Die Rufe hinter ihnen verstummten, als sie um eine Ecke bogen und dann um die nächste. Sie hätte sich gefragt, wie weit er noch fliehen wollte, aber Lochlan blieb plötzlich stehen und sank zu Boden, um sich an einem Kanalisationsgitter festzuhalten.

»Mach dir keine Mühe. Es wird verriegelt sein –«

Die schwere Metallbarriere löste sich und gab den Blick auf ein klaffendes Loch im Boden frei. »Man muss immer einen Ersatzplan haben«, war seine Antwort, als er den Kopf schief legte. »Nach dir.«

Ein Teil von ihr wollte nicht in diese stinkende Grube hinabsteigen.

Aber sie wollte auch leben.

Sie stieg in die Dunkelheit hinab.

KAPITEL ZWÖLF

Lochlan zog das Gitter vorsichtig wieder über das Loch, obwohl er wusste, dass es niemanden davon abhalten würde, sie zu verfolgen. Solange sie ihren Geruch nicht getarnt hatten, würde er sie immer verraten. Er bezweifelte, dass Luna der nächste Teil seines Plans gefallen würde, denn er würde bedeuten, dass sie sich schmutzig machen mussten.

»Jetzt?«, flüsterte sie und ihre Augen leuchteten in der Finsternis. Eine Finsternis, die sein Augenlicht problemlos durchdringen konnte, einer der erträglichen Nebeneffekte der Experimente.

»Folge mir.« Er hatte eigentlich keine Ahnung, wohin er gehen sollte, er kannte sich allgemein nur mit den Kanalsystemen aus. Sie mussten alle irgendwo hinfließen, und das Beste war, dass sie tief unter der Erde lagen und aus Beton bestanden, sodass sie für Signale undurchdringlich waren. Denn trotz Lunas

Behauptungen hatte er jetzt keinen Zweifel mehr daran, dass sie einen Chip trug.

Er musste ihr jedoch lassen, dass sie sich nicht beschwerte, als sie durch den Dreck stapften, der zum größten Teil aus Regenwasser bestand und nicht aus dem Wasser, das die Toiletten heruntergespült wurde. Er sorgte dafür, dass sie durch den wässrigen Schlamm liefen, der ihre Spuren verwischte, wobei er sich so oft drehte und abbog, dass nicht einmal er den Rückweg hätte finden können.

Sie hörten keine Anzeichen von Verfolgung. Ein Blick zurück zeigte keine Lichter, aber sie benutzten auch nichts, um ihren Weg zu beleuchten. Anstatt sich über die Dunkelheit zu beschweren, folgte Luna ihm, eine Hand auf seiner Schulter, um sie zu führen.

Die Stille drückte stark auf sie ein, weshalb ihre Stimme umso schriller klang, als sie sagte: »Du hattest recht, dass sie mich verfolgen.«

Er wäre vor Schreck fast umgefallen. »Soll ich mir dieses Eingeständnis in den Kalender eintragen?«, witzelte er, denn er bezweifelte, dass sie das oft tat.

»Ich weiß, wenn ich mich irre. Und in diesem Fall war es gut, dass du in der Nähe warst.«

»Du wirst mich nicht mehr als paranoid bezeichnen?«

»Oh, ich werde dich immer noch als paranoid bezeichnen.« Sie stieß ein leises Lachen aus. »Aber anstatt zu streiten, werde ich von nun an auf deinen Rat hören.«

»Weniger Ratschläge und mehr Jahre des Lernens, wie man unbemerkt unter dem Radar lebt.«

»Die Farm des Feral Packs wurde nicht gut bewacht«, bemerkte sie.

»Weil es lange Zeit nicht nötig war. Die Farm war ein sicherer Ort für diejenigen, die sich verstecken wollten.«

»Jetzt nicht mehr. Jetzt, da sie den Status eines Rudels hat, ist sie kein Geheimnis mehr.«

»Ja. In Anbetracht unseres neuen Ruhms habe ich überlegt, ob ich bleiben soll oder nicht, als die Kacke am Dampfen war.«

»Da der Verräter Informationen über die kleineren Rudel weitergegeben hat, die zu ihrer Ausrottung geführt haben, wäre es wohl eine Lüge zu behaupten, ihr wärt sicher. Jeder ist in Gefahr, bis wir ihn gefunden und eliminiert haben.« Ein leises Versprechen.

Anstatt sich mit Fehlern, Lügen und Verrätern zu beschäftigen, fragte er: »Wenn du dich verwandelst, bist du dann immer in dieser Hybridform?«

Sie schnaubte. »Das ist kein Hybrid, und das weißt du auch. Ich bin ein Monster.«

»Ich würde nicht so weit gehen, das zu sagen. Es ist eher ein Rückfall in eine prähistorischere Version von uns.«

»Nennst du mich etwa einen Höhlenwolf?« Ein ungläubiger Tonfall beendete ihre Frage.

»Na ja, du hast die Säbelzähne.«

»Erinnere mich nicht daran«, murmelte sie.

»Wie viele Leute wissen von deinem modifizierten Wolf?«

»Keiner.«

»Was? Unmöglich. Du warst Vollstreckerin. Du hast selbst gesagt, dass das Lykosium dich gerettet hat. Irgendjemand muss es doch wissen.«

Da sie hinter ihm stand, hörte er eher, wie sie den Kopf schüttelte, als dass er es sah. »Sie haben mich gerettet und das Labor mit allen Aufzeichnungen des Arztes zerstört. Da ich befürchtete, dass sie mich umbringen würden, habe ich mich nie verwandelt. Sie nahmen an, dass die Experimente und das Trauma mich unfähig gemacht haben.«

»Warte mal kurz. Willst du damit sagen, dass du dich seit deiner Zeit an diesem Ort nicht mehr verwandelt hattest?«

»Oh doch, ich habe es getan, allein, wo mich niemand sehen konnte. Ich fand Orte, an denen ich mich einschließen konnte, um zu sehen, was passieren würde. Ich habe jedes Mal gehofft, dass das, was der Arzt mit mir gemacht hat, nachlässt.«

»Ich nehme an, die Veränderung ist dauerhaft.«

»Ja. Also habe ich aufgehört, es zu versuchen, und mein Monster weggesperrt.«

»Bis Gerard es herausgezwungen hat.«

»Ich wusste nicht einmal, dass das möglich ist.«

»Ist es aber. Es ist mir und den anderen ein paarmal passiert. Es war Teil ihrer Experimente. Der

Unterschied ist, dass wir uns immer über alles bewusst waren, was wir taten. Aber du kannst dich an nichts erinnern, von dem Moment an, in dem du dich verwandelt hast, bis zu dem Moment, in dem du im Auto aufgewacht bist. Das ist seltsam, denn du hast vorher ein paarmal mit mir gesprochen und schienst die Situation zu verstehen.«

»Nicht so seltsam. Die Experimente haben etwas mit mir und meinem Wolf gemacht. Es ist, als wäre meine Bestie zu einer eigenen Person geworden. Ein gewalttätiges und blutdürstiges Wesen. Da ich es nicht kontrollieren konnte, war es einfach besser, es nie rauszulassen.«

»Das kann ich mir gar nicht vorstellen.« Ein Werwolf brauchte normalerweise Zeit in seinem Fell. Lochlan wurde gereizt, wenn er nicht ab und zu auf vier Beinen laufen konnte.

»Ich bin daran gewöhnt.«

Beinahe hätte er sie gefragt, ob sie es vermisse, nur um festzustellen, dass sie sich vermutlich nicht an eine Zeit erinnern konnte, in der es ihr keinen Stress und keine Schmerzen bereitete. Da sie in jungen Jahren entführt worden war, würde das Trauma tief sitzen. Und doch musste man sie nur ansehen. Sie hatte ihre Tortur in eine Stärke verwandelt und bemühte sich, positive Dinge für die Werwölfe zu tun.

Da er seine Bewunderung nicht gerade zugeben konnte, wechselte er das Thema. »Also, was denkst du, wo sie den Peilsender implantiert haben?«

»Wie können wir sicher sein, dass sie mich verfolgen und nicht dich?«

»Ich bin es nicht, hinter dem sie her sind.« Er drehte sich im Dunkeln zu ihr um und sah die Umrisse ihres Körpers.

»Das wissen wir nicht mit Sicherheit.«

»Willst du das wirklich behaupten?«, fragte er ein wenig ungläubig. »Hast du die Tatsache vergessen, dass sie in Gerards Wald hinter dir her waren?«

»Das sagst du.«

»Weil es so passiert ist«, schnauzte er. »Und es gibt nur eine Möglichkeit, wie sie dich so genau aufgespürt haben können.«

»Ein Peilsender.« Sie stieß einen schweren Seufzer aus. »Ich hasse es, dass du wahrscheinlich recht hast. Es scheint einfach so unmöglich. Wie hätten sie das tun können, ohne dass ich es weiß?«

»Ganz einfach. Es könnte sein, dass du ihn mit dem Essen verschluckt hast.«

»Das scheint mir unwahrscheinlich. Ich hätte es bemerken können, ganz abgesehen davon, dass das ineffizient wäre, da er innerhalb weniger Tage wieder ausgeschieden würde.«

»Im Durchschnitt drei bis fünf. Sieben ist normalerweise die sicherste Variante. Es sei denn, er bleibt im Darm stecken.«

Sie zögerte, bevor sie sagte: »Du scheinst dich damit gut auszukennen.«

»Ich war Anfang zwanzig, als sie mich rekrutierten.

Ich habe den Überblick über die Missionen verloren, aber manche Dinge, die dich am Leben erhalten oder gefangen halten, bleiben dir für immer erhalten. Zum Beispiel, wie lange verschluckte Gegenstände im Körper bleiben.«

»Ich denke, wir können die essbare Art ausschließen. Ich bin schon lange genug von der Operationsbasis des Lykosiums weg, um sicher zu sein.«

»Es sei denn, jemand ist dir gefolgt und hat dich erwischt, als du nichts gemerkt hast. Hast du seit deiner Abreise den Zimmerservice bestellt?«

»Ein Teil von mir möchte sich über deine Paranoia lustig machen. Und doch kann ich nicht anders, als mich zu wundern.«

»Ehrlich gesagt denke ich, dass du wahrscheinlich einen Chip in deinem Fleisch hattest. Und bevor du behauptest, du hättest es bemerkt, nein, das hättest du nicht. Eine Injektion –«

Sie unterbrach ihn. »Ich denke, ich hätte es bemerkt, wenn mich jemand mit einer Nadel gestochen hätte.«

»Es sei denn, man hätte dich unter Drogen gesetzt und es im Schlaf getan. Und bevor du einwendest, dass du es am nächsten Tag gespürt hättest, möchte ich sagen, dass du es nicht unbedingt gespürt hättest. Sie hätten einen winzigen Pikser überall in deinem Körper platzieren können. Er muss nicht groß sein, um zu funktionieren.«

»Aber er muss groß sein, wenn er eine gewisse Reichweite haben soll«, erwiderte sie.

»Richtig, das heißt, wenn dein Implantat eingebettet ist, darf es nicht dort sein, wo du oder andere es bemerken würden.«

»Wie tief könnte es gehen?«, überlegte sie laut und folgte ihm, als er um eine weitere Ecke bog. Sie liefen unter einem Gitter hindurch, wobei das schwache Licht der Straßenlaterne ihr eingeschränkte Sicht bot.

»Ich nehme an, du hattest noch nie einen pochenden Schmerz tief in irgendeinem Teil deines Körpers oder einen unerklärlichen Schmerz, der irgendwann wieder wegging, oder ein seltsames Gefühl unter deiner Haut.« Er bemerkte ein leichtes Kopfschütteln von ihr, als er an einem Zugangstunnel anhielt, der in vier Richtungen abzweigte.

»Wie ich schon sagte, ich hätte es bemerkt.«

»Hättest du? Du heilst lächerlich schnell. Ich schätze, das ist eine gute Sache, denn wir haben kein Nähzeug, um dich zusammenzuflicken, wenn der Peilsender rauskommt.«

»Vorausgesetzt, ich habe einen Peilsender in mir.«

»Streiten wir uns schon wieder darüber? Lass mich einen Blick darauf werfen und wir können diese Frage ein für alle Mal klären.« Er stellte seinen Rucksack auf ein Rohr, das um den offenen Bereich herumlief.

»Ist das deine Art, darum zu bitten, meinen nackten Arsch zu sehen?«

»Eigentlich bezweifle ich, dass dein Arsch das

zulassen würde. Zu groß ist die Wahrscheinlichkeit, dass du etwas merkst, wenn du sitzt. Die Schulterblätter auch. Ich vermute, dass er sich in einem Bereich deines Rückens befindet, den du nicht so leicht erreichen kannst und der durch ein kurzes Top oder eine tief sitzende Hose nicht entblößt wird.«

»Ich frage mich langsam, wie viele Leute du schon gechipt hast«, scherzte sie, zog ihre Jacke aus und legte sie auf eine trockene Stelle.

Genug, um zu wissen, dass einige der Leute es verdienten, auf Schritt und Tritt beobachtet zu werden, aber das sagte er nicht laut. »Belassen wir es einfach dabei, dass ich weiß, wonach ich suche. Zieh dein Hemd hoch.«

»Soll ich auch meine Hose ausziehen?«, fragte sie frech.

»Nur, wenn ich nichts auf deinem Rücken entdecke.« Er blieb bei seiner Antwort professionell, denn es war ernst. Sie konnten sich nicht auf Schritt und Tritt von den Leuten mit den Waffen verfolgen lassen.

»Ich bin mir nicht sicher, was du im Dunkeln zu finden glaubst«, grummelte sie, aber sie hob ihr Hemd und enthüllte die kräftigen, glatten Linien ihres Rückens, die Verjüngung ihrer Taille und, in diesem Winkel, die Wölbung einer Brust. Sie war eine wohlgeformte Frau, ihr Körper vollschlank und durchtrainiert, und ihr Gesicht zeigte den Charakter ihrer Jahre. Genau sein Typ.

Dies war jedoch nicht der richtige Moment, um

seine Bewunderung auszudrücken. Sicherheit ging vor Verführung.

Er richtete seine Aufmerksamkeit auf die Vertiefung ihrer Wirbelsäule. In der Dunkelheit war es schwer, irgendeinen Schatten unter ihrer Haut zu erkennen. Selbst bei gutem Licht könnte er das Gerät übersehen, weshalb er seine Hände benutzen musste.

»Ich werde dich berühren müssen, um den Chip zu finden«, murmelte er leise. »Manchmal werde ich fest drücken, um sicherzugehen, dass da nichts ist.«

»Ich kann nicht glauben, dass du die Absicht ankündigst, mich zu betatschen«, brummte sie.

»Wenn du dich unwohl fühlst, sag mir, dass ich aufhören soll, und ich werde es tun.«

»Ich bin keine verwelkende Blume, die es nicht erträgt, wenn man sie abtastet. Bring es einfach hinter dich.« Luna hielt sich starr, als er ihr Fleisch betastete und seine gespreizten Finger auf ihren Schulterblättern ruhten. Durch die ständigen Bewegungen würde sie es vielleicht merken, wenn sie über einen Fremdkörper unter ihrer Haut rieben. Er ließ seine Hände unter ihre Schultern gleiten und drückte an ihrem durchtrainierten Körper, wachsam auf jedes Anzeichen von etwas Unnatürlichem.

Ihr stockte der Atem.

»Geht es dir gut?«, fragte er. »Hast du etwas gespürt?«

»Deine Hände sind warm.« Sie klang überrascht.

»Mir ist immer heiß.« Das hatte ihm seine Zeit im

trockenen Nahen Osten schwer gemacht. Auf der Farm schlief er bei offenem Fenster und laufendem Ventilator.

Er strich mit seinen Händen über ihren Körper und spürte, wie sie zitterte. Aber nicht vor Kälte, wie er vermutete.

»Hast du schon mal einen Peilsender durch Berührung gefunden?«, fragte sie, wobei ihre Worte höher als sonst waren.

»Ja. Zweimal.« Er hatte den Männern seiner Truppe – nie den Frauen, denn das Militär hatte anscheinend andere Verwendungszwecke für weibliche Werwölfe, was ziemlich unheilvoll erschien – geholfen, Peilsender zu finden und zu entfernen, in der Hoffnung, dass sie entkommen konnten. Ob sie entkommen waren, wusste Lochlan nicht, denn er hatte keinen von ihnen mehr gesehen. Vielleicht lag es daran, dass der C-Trupp nach jedem Einbruch den Standort gewechselt hatte. Laut dem Oberst hatte er die Ausreißer aber immer gefunden und eliminiert.

»Ich glaube langsam, ich bin vielleicht diejenige, die nicht paranoid genug ist«, murmelte sie. »Man sollte meinen, dass ich nach dem, was ich erlebt habe, einen misstrauischeren Blick auf die Welt habe.«

»Vielleicht ist es gut, dass du das nicht tust. Es ist nicht leicht, immer an das Schlimmste zu denken.«

»Hattest du dieses Gefühl auch noch, als du auf der Farm gelebt hast? Soweit ich gesehen habe, schienst du ein normales Leben zu führen. Keine

Sprengfallen oder Kameras. Es ist aber auch möglich, dass du deine Überwachung nur gut versteckt hast.«

Er grunzte. »Ich bin wohl eher selbstgefällig geworden.« Seine Finger, mit denen er ihren Rücken kitzelte, ließen sie noch mehr zittern, und verdammt, er konnte ihr Interesse wittern. »Und wenn ich ehrlich bin, kam ich an einen Punkt, an dem es mir scheißegal war. Ich habe einen guten Teil meines Lebens in der Hölle verbracht und dann den nächsten Teil mit der Angst, dorthin zurückzukehren. Mir wurde klar, dass es einfacher gewesen wäre, es einfach hinter mich zu bringen.«

»Glaubst du, das Militär hätte dich zurückgeschleppt?«

»Oder mich getötet, was mir lieber gewesen wäre. Ich würde lieber sterben, als das noch einmal durchzumachen.«

»Das gilt für dich und mich.« Sie drehte sich um, und seine Finger glitten von ihrem Rücken zu ihrem Bauch. Er erstarrte, anstatt sie zu entfernen. Ihr Blick begegnete seinem. »Du und ich haben viel gemeinsam.«

Er legte seine Finger um ihre Taille und zog sie an sich. »Spiel nicht die Schüchterne. Du weißt, dass es mehr als das ist, was dieses Gefühl ist.«

Der Paarungsinstinkt. Eine Sache, die er leugnen wollte.

»Ich weiß es.« Ein leises Eingeständnis. »Es würde nie funktionieren.«

Natürlich würde es das nicht. Ein Mann, der so

beschädigt und gesucht war wie er, konnte niemals jemanden wie Luna haben. »Es tut mir leid. Ich weiß, dass es nicht funktionieren würde. Du verdienst etwas Besseres als einen störrischen Einzelgänger.«

Bei seiner Behauptung brach sie in ein leises, bitteres Lachen aus. »Ich? Du bist es doch, der etwas Besseres verdient.«

»Was für ein Paar wir sind«, schnaubte er. »Wir sind beide davon überzeugt, dass wir schrecklich füreinander sind. Vielleicht ist das der Grund, warum es so gut passt.«

»Du willst nicht mit mir zusammen sein«, sagte sie ganz ernst. »Ich bin nicht ohne Grund ungeliebt.«

Je mehr sie sprach, desto mehr hörte er sich selbst in ihren Worten.

»Vielleicht ist es an der Zeit, dass sich das ändert«, schlug er vor.

»Vielleicht, aber jetzt ist nicht die Zeit, das zu erforschen.«

»Wann dann?«

»Wenn es weniger gefährlich ist. Wenn ich den Verräter nicht enttarnen kann, werde ich wahrscheinlich als abtrünniges Ratsmitglied hingestellt, und sie werden die Jagd auf mich eröffnen.«

»Diejenigen, die dich kennen, glauben doch sicher nicht, dass du etwas tun würdest, um den Werwölfen zu schaden.«

»Es braucht nicht viel, um die Massen zu überzeugen. Oder hast du all die Krisen vergessen, über die die

Medien die Welt in Aufruhr versetzt haben?« Sobald ein Problem verblasste, peitschten die Medien die Leute mit dem nächsten heißen Thema auf.

»So weit werden wir es nicht kommen lassen.«

»Selbst wenn wir den Verräter aufhalten, du und ich – es kann nie irgendwo hinführen.«

»Warum nicht?«

Sie blinzelte ihn an und in ihrer Stimme lag ein Hauch von Ungläubigkeit, als sie sagte: »Du hast mich gesehen. Ich bin ein Monster. Der Arzt hat dafür gesorgt, dass ich nie mit jemandem zusammen sein kann.«

Die Überzeugung in ihren Worten tat ihm weh und gab ihm nur das Gefühl, ihr näher zu sein, denn er kannte den Glauben genau, dass er für immer unwürdig sein würde. »Vielleicht haben wir uns deshalb kennengelernt, weil du und ich von allen Leuten auf der Welt die Einzigen sind, die einander verstehen könnten.« Die Worte, die ihm über die Lippen kamen, schockierten ihn. Vielleicht lag es an der Intimität des Augenblicks. In der Dunkelheit konnte alles gesagt werden.

»Verstehen ändert nichts an den Tatsachen.« Sie lehnte ihr Gesicht an seine Brust und stieß einen heißen Atemzug aus. »Egal, wie wir uns jetzt fühlen, es wird nicht funktionieren. Du verdienst etwas Besseres.«

»Sagt wer?«, argumentierte er.

»Das sage ich. Ich bin kaputt, Lochlan«, gab sie an

seiner Brust zu, und er spürte die Hitze von Tränen. »Es ist mehr als die Tatsache, dass ich mich in ein Monster verwandle. Ich bin zu alt für Kinder.«

»Ich bin mir ziemlich sicher, dass ich genauso alt bin wie du, vielleicht sogar älter.«

»Und selbst wenn ich es nicht wäre, ich bin unfruchtbar, verdammt.«

»Und ich bin zeugungsunfähig, also was willst du damit sagen?«

Sie verstummte. »Du hast auf alles eine Antwort.«

»Während du eine Ausrede hast.« Er legte seine Wange auf ihren Kopf. »Das Beschissene daran ist, dass du genau wie ich klingst. Nun, wie ich, bevor ich dich getroffen und einen Grund zum Widersprechen gefunden habe. So schwer es auch zu glauben ist, ich glaube, wir beide waren dafür bestimmt, einander zu finden.«

»Die Vorstellung, dich als meinen Gefährten zu akzeptieren, macht mir Angst«, flüsterte sie, »denn was ist, wenn ich dir wehtue? Was ist, wenn du mich eines Tages mit Abscheu ansiehst, weil ich nie perfekt oder ganz sein werde?« Die rohe Ehrlichkeit traf ihn.

»Und schon klingst du wieder wie ich. Deshalb lohnt es sich, dafür zu kämpfen, auch wenn es uns beiden Angst macht. Vielleicht müssen wir endlich nicht mehr allein sein.« Denn selbst unter Leuten war ein Mann manchmal eine Insel, an deren Ufer die Wellen der anderen schwappten, aber nie blieben.

»Bei dir klingt es möglich.«

»Weil es das ist.« Er wollte es möglich machen. Mit dieser Erkenntnis zog er sie nach oben, um seinen Mund auf den ihren zu pressen.

Der Kuss begann sanft. Süß. Eine zärtliche Liebkosung der Erkundung. Dann wurde er zu Knabbern und Saugen, und das raue Keuchen ihrer Erregung wich der Leidenschaft. Er vergrub die Hände in ihrer Taille und zog sie näher zu sich. Er streichelte ihre Haut, während er sie küsste und ihren Körper knetete, als er die harte Form von etwas spürte, das dort nicht hingehörte.

Er hielt inne, bevor er flüsterte: »Ich habe ihn gefunden.«

Er wünschte, er hätte noch einen Moment länger geschwiegen, als sie gegen seine Lippen seufzte und sagte: »Schneid ihn raus.«

KAPITEL DREIZEHN

Nun, das war schneller vorbeigegangen als erwartet.

Luna schwankte zwischen Gereiztheit über das abrupte Ende des Kusses und Verärgerung darüber, dass sie gechipt worden war und es nicht einmal geahnt hatte.

»Es wird wehtun«, warnte Lochlan, während er die Stelle weiter abtastete, an der er den Fremdkörper gefunden hatte.

»Nicht so sehr wie dem Verräter, der ihn mir verpasst hat«, versprach sie feierlich.

Lochlan versuchte, sanft zu sein, während er mit einem Taschenmesser, das an seinem Rucksack befestigt war, durch ihre Haut schnitt. Sie hatten nichts, um die Stelle zu betäuben, und sie hatte nur ihre Faust, auf die sie beißen konnte. Als würde sie vor Schmerz schreien.

Der Schnitt tat weh, aber sie konnte damit umgehen. Anstatt ihrer ursprünglichen Wut nachzugeben, biss sie in ihre Fingerknöchel.

Sie haben mich markiert.

Für wie lange, wusste sie nicht. Ein Tag war zu viel. Wie konnten sie es wagen? Wie konnte jemand es wagen, ihre Bewegungen zu verfolgen? Sie auszuspionieren?

Ganz zu schweigen von der Tatsache, dass sie in ihrem Job oft das Gleiche für Rudel und ihre Mitglieder anordnen musste. Sie hatte Kit von klein auf gechipt, weil sie Angst gehabt hatte, jemand würde ihn ihr wegnehmen, weil er anders war.

Wenn man bedachte, dass sie, eine der wenigen Auserwählten, den Verräter die ganze Zeit über unwissentlich mit Informationen versorgt hatte. Die Wut brannte.

Der Überfall von Gerard? Ihre Schuld.

Dass Kit entführt wurde? Auch daran war sie schuld.

Wie viele andere Opfer hatte sie unabsichtlich verursacht?

Es dauerte nicht lange, bis Lochlan leise sagte: »Er ist raus.«

Sie wirbelte herum und sah den blutigen Gegenstand in seiner Hand, der kaum so groß war wie eine Briefmarke. Dennoch kam er ihr riesig vor, wenn sie bedachte, dass er sich in ihrem Körper befunden hatte, ein ungebetener Gast.

»Gib her.« Sie streckte ihre Hand aus und er ließ ihn in ihre Handfläche fallen.

Einen Moment lang schloss sie ihre Faust um den Peilsender, bereit, ihn zu zerquetschen. Sie hielt sich zurück, als ihr einfiel, dass das kleine Gerät nützlich sein könnte. »Ich weiß, dass du gut darin bist, dich der Gefangennahme zu entziehen, aber darf ich fragen, wie es um deine Fähigkeiten im Hinterhalt bestellt ist?«

Sie konnte sein Gesicht in der Dunkelheit kaum erkennen, als er antwortete: »Sollte ich Angst haben zu fragen?«

Luna hielt den Chip hoch. »Das könnte uns die Möglichkeit geben, ein paar Antworten zu bekommen.«

»Du willst eine Falle stellen.« Er verstand schnell.

»Wir finden einen Ort, der für uns vorteilhaft ist. Dann platzieren wir den Chip dort und locken die, die mich verfolgen, an, sodass wir zumindest einen gefangen nehmen können, der uns einige Fragen beantworten kann.«

»Das ist auf jeden Fall machbar. Dir ist aber schon klar, dass sie nicht einfach so kommen werden? Wir werden Gewalt anwenden müssen. Möglicherweise sogar tödliche Gewalt.«

»Dessen bin ich mir bewusst und habe kein Problem damit. Schließlich verstoßen die, mit denen wir es zu tun haben, gegen unsere Gesetze. Und sie kennen die Strafe dafür.«

Der Tod.

»Wenn du einverstanden bist, dann bin ich einverstanden. Das ist wahrscheinlich der schnellste Weg, um herauszufinden, wer ihnen ihre Befehle gibt. Aber bis wir eine richtige Falle aufstellen können, müssen wir uns bedeckt halten und verhindern, dass dieses Ding«, er zeigte auf das Gerät, »unseren Standort verrät, sobald wir aus diesem Betonlabyrinth herauskommen.«

Um das Signal zu verbergen, musste Lochlan etwas von der Oberfläche holen.

Die zwanzig Minuten, die er weg war, fühlten sich für Luna wie eine Ewigkeit an, allein in der dunklen Kanalisation, nur mit ihren Gedanken und schwankenden Gefühlen. Sie ließ ihr Gespräch und den Kuss noch einmal Revue passieren.

Sie wollte ihn.

Das sollte sie nicht.

Sie tat es.

Aber sie konnte nicht.

Bevor sie wusste, was sie tun sollte, kam er aus einem durchgängig geöffneten Eckladen zurück, wo er eine Metallflasche mit einem Cartoon-Schwein auf der Vorderseite gekauft hatte, auf dem stand, dass Speck die fünfte Lebensmittelgruppe sei. Außerdem hatte er drei Wasserflaschen gekauft. Jeder von ihnen trank eine, aber die dritte wurde in den Kanister geschüttet, um den Chip zu überfluten. Zwischen dem Metall und dem Wasser sollte das Signal des Geräts unterbrochen werden. Sollte das nicht der Fall sein, mussten sie schnell arbeiten.

Als sie aus der Kanalisation auftauchten, nahm sie einen tiefen, reinigenden Atemzug. »Wohin?«, fragte sie.

»Wir brauchen einen Platz zum Planen, am besten mit einer Dusche.«

»Noch ein Motel?«, fragte sie, als sie die ruhige Straße mit den geschlossenen Geschäften hinaufgingen.

»Nein.« Er warf immer wieder einen Blick auf die Gebäude, an denen sie vorbeigingen.

Schließlich fragte sie: »Wonach suchst du?«

»Eine Wohnung im Untergeschoss.«

»Die wird wahrscheinlich bewohnt sein«, bemerkte sie.

»Wir werden schon eine finden, die es nicht ist.« Vor einem vergitterten Fenster blieb er abrupt stehen. »Hier.«

Das Fenster stand einen Spalt offen und Dämpfe von frischer Farbe drangen heraus. Es gab keine Vorhänge, aber ihr Blick konnte nicht weiter nach innen vordringen.

»Bist du sicher, dass es leer ist?«, fragte sie, während er einige Betonstufen hinunter zu einer Tür mit der Aufschrift B ging.

»Das werden wir wohl bald herausfinden.«

Bevor sie fragen konnte, wie sie hineinkommen würden, gab er der Tür einen kräftigen Stoß. Sie sprang auf, und er führte sie hinein. Ein stärkerer Geruch von Farbe schlug ihr entgegen und sie zog eine Grimasse. Ein scharfer Geruchssinn konnte gelegentlich wirklich nervig sein.

Die Wohnung war tatsächlich leer, wenn man von den Planen auf dem Boden und den Werkzeugkisten absah. Die Wohnung schien mehr als nur einen frischen Anstrich an den Wänden zu bekommen. Die Küchenzeile hatte nur die Hälfte ihrer Schranktüren, während der Rest noch in Kartons auf den Einbau zu warten schien. Der Kühlschrank war noch mit den Ladenschildern versehen und Lochlan machte sich auf den Weg dorthin, um das Klebeband zu entfernen und das Gefrierfach zu öffnen. Er steckte die Metallflasche hinein und schloss das Gerät. Noch mehr Schutz gegen ein undichtes Signal.

Es gab zwei Türen. Eine führte zu einem leeren Schlafzimmer mit weiteren Abdeckplanen und die andere zu einem Badezimmer. Er schloss die Badezimmertür, bevor er das Licht einschaltete, was sie dazu zwang, aufgrund der plötzlichen Helligkeit zu blinzeln.

Sie betete fast, bevor sie die Wasserhähne der Dusche aufdrehte. Das Wasser lief sauber und klar, kalt, aber zu ihrer Freude wurde es bald warm. Aus seinem Rucksack holte Lochlan Seife und sogar ein Handtuch.

Sie zog eine Augenbraue hoch. »Du bist sehr gut vorbereitet.«

»Wie du schon sagtest, habe ich so etwas schon einmal gemacht. Ich habe unter anderem gelernt, immer Badezeug dabeizuhaben, falls ich schmutzige Dinge tun muss, um meinen Geruch zu überdecken.«

»Du solltest zuerst gehen, da du so gut vorbereitet bist.«

»Oder wir könnten Zeit sparen und zusammen duschen«, schlug er ausdruckslos vor, und doch spürte sie den Hauch von Hitze in seinen Worten. Logisch gesehen sollten sie nicht beide gleichzeitig nackt sein, denn das würde sie verwundbar machen – aber auch, weil es zu anderen Dingen führen konnte.

Aber vielleicht gibt es kein weiteres Mal mehr. Eine weitere Chance. Luna hatte ihr Leben damit verbracht, anderen zu dienen. Zuerst dem Arzt und dann dem Lykosium. Abgesehen von ihrer Adoption von Kit, wann hatte sie jemals wirklich etwas für sich selbst getan?

»Wir verschwenden heißes Wasser«, antwortete sie, während sie ihr Hemd auszog und es über den Waschtisch drapierte.

Würde er die Einladung annehmen?

KAPITEL VIERZEHN

Lochlan war sich sicher gewesen, dass Luna ihn auslachen oder ihm sagen würde, wohin er gehen sollte. Er hatte sicher nicht erwartet, dass sie sich ausziehen würde, während ihr Blick eine Einladung und eine Herausforderung enthielt.

Da er noch nie ein Feigling gewesen war, auch nicht, wenn er sich zu Tode fürchtete, und weil er wusste, was Sex für sie bedeuten würde, folgte er ihr.

Sie musste wissen, dass es kein Zurück gab, wenn sie das taten. Ihre Art hatte ein paar Macken, abgesehen davon, dass sie den Mond anheulten und pelzig wurden. Wenn sich ein Paar traf, das dazu bestimmt war, Gefährten zu sein, gab es ein Bewusstsein, ein Bedürfnis, einen Hunger, der, sobald er durch Geschlechtsverkehr besiegelt war, ein Band bildete, das nur der Tod brechen konnte.

Er konnte Nein sagen. Sie würde nie betteln. Sie würde ihn auch nie wieder einladen.

Lochlan stieg in die Dusche und zog sie für einen Kuss an sich. Das heiße Wasser traf sie, aber sie fühlte sich kühl an im Vergleich zu der aufkeimenden Leidenschaft. Ihre Münder klammerten sich aneinander und liebkosten sich, hungrig und unbeholfen, während sie in ihrem Eifer jede Finesse verloren.

Er versuchte, sich einigermaßen unter Kontrolle zu halten, schnappte sich die Seife und gab sein Bestes, um damit über ihre Haut zu streichen. Das war fast mehr, als er ertragen konnte. Er wünschte sich nichts sehnlicher als einen Quickie mit ihrem Rücken zur Wand, aber sie verdiente Besseres als seine Ungeduld.

Er ließ seine Hand mit dem Seifenstück zwischen ihre Schenkel gleiten und sie stöhnte in seinen Mund. Er versuchte, sie zu waschen und sie ihn, während sie sich mit den Händen streichelten und einseiften. Ihre heiße, nasse Haut bebte, als er über sie strich. Ihr kurzes Keuchen der Lust machte ihn wild. Sein Schwanz wippte hoch, hart und bereit, und er stieß mit den Hüften vor, als sie nach ihm griff und ihn packte. Ihre Dringlichkeit, mit der sie seine feuchte Länge streichelte, entsprach der seinen. Wenn sie ihn weiter so berührte, würde er mit Sicherheit kommen.

Dazu war er noch nicht bereit. Er brach den Kuss ab, um auf die Knie zu sinken. Er wollte sie zwischen ihren Beinen anbeten. Er drückte sein Gesicht gegen das V ihrer Schenkel, um sie zu spreizen. Sie tat etwas

Besseres, indem sie ein Bein über seine Schulter legte und an seinen Haaren zog, als er ihr einen intimeren Kuss gab. Er vergrub seine Zunge in ihrem Geschlecht, erforschte und streichelte sie, um sie zu reizen, bevor er ihre empfindliche Klitoris bearbeitete, wobei seine Zunge mit der geschwollenen Knospe spielte.

Sie ritt auf seinem Gesicht, rieb ihre Hüften an ihm und drückte gegen seinen Mund. Er bearbeitete ihre Klitoris weiter mit seiner Zunge, brachte aber einige seiner Finger ins Spiel. Er stieß in sie hinein und spürte, wie sie sich zusammenzog, während sie weiter mit den Hüften stieß.

Er stöhnte gegen sie und brachte ihr Fleisch zum Vibrieren, was sie nur dazu veranlasste, sich fester um ihn herum anzuspannen. Er fickte sie mit den Fingern, während er an ihrer Klitoris leckte. Sie umspielte. Mit seinen Lippen daran zog, bis sie heftig keuchte und bebte. Ihre Lust benetzte seine Zunge, nährte seine Erregung, aber die Ambrosia kam, als sie zum Orgasmus kam und ihre Hüften ein letztes Mal stießen, als ihr ganzer Körper im Höhepunkt krampfte.

Sie kam gut. Sie kam hart.

Aber er war noch nicht fertig.

Seine Begierde wollte, dass er seinen Schwanz bis zum Anschlag in ihr vergrub. Aber wenn er das tat, gab es kein Zurück mehr.

Sie hatte immer noch Zeit, Nein zu sagen.

Er küsste sie und flüsterte: »Sag mir, ich soll aufhören.«

»Ich will nicht, dass du aufhörst«, antwortete sie, ohne zu zögern.

Er war nur ein Mann vor seiner Gefährtin, der brauchte, was nur sie ihm bieten konnte. Er umfasste ihre schlanken Pobacken und hob sie an, um ihre feuchte Muschi an seinem Schwanz auszurichten. Ein Grunzen entwich ihm, als er die dicke Spitze seiner Erektion zwischen ihre Schamlippen schob.

Sie schnappte nach Luft. »Ja. Lochlan.«

Ihre Stimme brachte ihn dazu, tief in ihr zitterndes Fleisch zu stoßen. Obwohl sie mit dem Rücken an der Wand war und seine Hände ihren Hintern fest umklammerten, legte sie ihre Beine um seine Flanken, um ihn festzuhalten.

Als würde er irgendwo hingehen.

Ein Stöhnen. Ein Grunzen. Lochlan stieß in sie, während sich ihre Finger in seinen Rücken gruben, und sie keuchte: »Ja.«

Sein Schaft glitt in sie hinein und wieder heraus, immer schneller, bis sie wieder kam, ein Anspannen, das seinen eigenen Orgasmus nach sich zog.

»Verdammt. Ja.« Er schloss die Augen, als die Lust ihn ergriff.

Die Gewissheit. Die Unerbittlichkeit.

Sie gehört mir.

Als dieser Gedanke sich festsetzte, kamen sie aus der Dusche, um ihren Hinterhalt zu planen.

Denn der Kampf war persönlich geworden.

UNGELIEBTER EINZELGÄNGER

Jemand will meiner Gefährtin wehtun. Und das konnte er nicht zulassen.

Wenn sie jetzt nur nicht widersprechen würde, wenn er ihr den Plan, den er ausgeheckt hatte, erzählte.

KAPITEL FÜNFZEHN

»Dein Plan ist scheiße«, erklärte Luna.

»Einen Teufel ist er.« Ihr nackter Geliebter – *oh, sag es, ihr Gefährte* – saß im Schneidersitz vor ihr auf dem Boden. Sie hatten kein Licht an und verließen sich auf das, was von der Straße durch das Fenster hereinfiel, um seinen rudimentären Plan zu beleuchten, der mit einem Schraubenzieher und etwas zusammengeknülltem Malerband dargestellt wurde.

»Es wird funktionieren. Vertrau mir«, sagte er.

Sie starrte auf seine kräftige Kieferpartie, die mit den Stoppeln einiger Tage zugewachsen war. So gut aussehend. *Mein.* Schon jetzt wollte sie ihn wieder in sich haben.

»Und wenn du dich irrst?«

»Ich werde nicht zulassen, dass du verletzt wirst.« Eine unheilvolle Antwort, die so viel bedeuten konnte, aber dem harten Funkeln in seinen Augen nach zu urteilen würde er für sie töten.

Das führte dazu, dass sie sich für eine zweite Runde wirklich guten Sex auf ihn stürzte. So *wirklich gut*. Vor allem, als sie aufhörte, sich über die Tatsache aufzuregen, dass ihre Beziehung alles veränderte.

Vielleicht war es an der Zeit, dass sie aufhörte zu denken, dass sie keine Liebe verdiente. Vielleicht war es für sie beide an der Zeit zu heilen. Gemeinsam.

Um nicht erwischt zu werden, mussten sie schließlich ihr Versteck verlassen. Da sie zu Fuß unterwegs waren, war es ein Leichtes, an einem Lebensmittelladen anzuhalten, der gerade für das Frühstück geöffnet hatte. Ein heißes Croissant frisch aus dem Ofen war himmlisch, aber nicht so köstlich wie der Schaum, den sie ihm von der Oberlippe saugte.

Sie gingen den größten Teil des Morgens, bevor sie den perfekten Ort fanden, um den Peilsender zu platzieren: ein belebtes Familienrestaurant mit einem ständigen Strom von Gästen.

Luna wartete außer Sichtweite, während Lochlan hineinging, um ihn zu platzieren. Er kehrte mit diesem lockeren, langbeinigen Gang zurück, der alles in ihr zusammenzog.

Ein Mann sollte nicht so sexy sein. Wie konnte sie denken, dass sie ihn verdiente?

Er lächelte.

Zu ihr.

Allein zu ihr.

Sie musste aufhören, es infrage zu stellen, und das Geschenk genießen, das sie bekommen hatte. Vor allem, weil es ihr jeden Moment genommen werden konnte.

Als sie den Parkplatz verließen, ergriff er ihre Hand und zerrte sie über die belebte Straße zu einem Wohnhaus. Es war nicht schwer hineinzukommen. Er ließ sie an der Haustür für einen Kuss innehalten, und als jemand die Tür aufschloss, um einzutreten, hielt er diese fest und murmelte: »Danke, Mann, ich war ein bisschen abgelenkt.«

»Klar, kein Problem«, war die Antwort, während der männliche Bewohner zu den Briefkästen ging, um seine Post zu holen. Sie stiegen in den Aufzug, der von der Art war, für den man eine Karte brauchte, um zwischen den Etagen zu wechseln. Als die Türen sich schlossen, flüsterte sie: »Was jetzt?«

»Du küsst mich wieder.«

Er küsste sie nicht nur – er entflammte sie von Kopf bis Fuß. Er hatte sie hochgehoben und sie rieb sich an ihm, als die Fahrstuhltüren sich öffneten und ein Mann sich räusperte.

Mit vor Leidenschaft geschwollenen Lippen musterte Lochlan den Bewohner, der seine Post in der Hand hielt. »Neun, bitte, bevor ich es wieder vergesse.« Er schaute sie mit halb geschlossenen Augen an und schnurrte: »Gib meiner Fähe die Schuld.«

Sie zitterte und zog ihn für einen weiteren Kuss zu sich heran. Der Fahrgast, der mit ihnen im Aufzug stand, seufzte, gab aber ihr Stockwerk ein.

Der Mann stieg auf der vierten Etage aus, aber Luna löste sich erst aus Lochlans Umarmung, als die Türen sich im neunten Stock wieder öffneten.

»Ich glaube, wir sind angekommen«, sagte sie.

»Noch nicht, aber das wirst du. Bald.« Er hielt ihre Hand, als er sie den Flur entlang zum Treppenhaus führte. Doch anstatt hinunterzugehen, ermutigte er sie, noch eine Etage höher zu gehen, wobei er den Schildern mit der Aufschrift *Dachterrasse* folgte.

Kaum waren sie auf der offenen Fläche über dem Wohnhaus, suchte Lochlan den Bereich nach der Anwesenheit anderer ab.

Um diese Tageszeit mitten in der Woche und mit Schärfe in der kühlen Luft nutzte niemand den fast parkähnlichen Platz. Die Tür schlug zu, und eine Sekunde später wurde sie mit dem Rücken dagegen gepresst, als Lochlan den Kuss aus dem Aufzug fortsetzte.

Seine Hand landete in ihrer Hose und sie biss ihm fast auf die Zunge, als er sie mit seinen Fingern zum Kommen brachte.

Ihr stockte der Atem, als sie sagte: »Du bist dran.«

Anstatt weiterhin die Tür zu blockieren, falls jemand versuchen sollte herauszukommen, zogen sie Stühle an das Glasgeländer, das einen perfekten Blick auf den Parkplatz und die Straßen rund um den Imbiss bot, in dem er den Ortungschip platziert hatte. Als sie ihre Beobachtungsposition einnahmen, mit dem Rücken zur Tür auf die Terrasse, revanchierte sie sich und berührte seinen Schwanz, bis seine Hüften zuckten. Schade, dass sie eine Hose trug. Mit einem Rock hätte sie sich diskret auf ihn setzen und ihren Spaß haben können.

Nächstes Mal wäre sie vielleicht besser vorbereitet. Die Tatsache, dass sie von einer Zukunft mit ihm ausgegangen war, schockierte sie.

»Was ist los, Schätzchen? Du siehst aus, als hättest du ein Gespenst gesehen«, murmelte Lochlan, als er seine Hose schloss. »War mein Orgasmusgesicht so schrecklich?«

Diese Aussage überraschte sie und sie musste lachen. »Ich kann nicht glauben, dass du das gesagt hast.«

»Und du hast mir noch nicht geantwortet, ob es beängstigend war.«

»Dein Gesicht ist in Ordnung.« Sie errötete, als sie sich daran erinnerte, wie sie ihn hatte aussehen lassen – intensiv und auf sie konzentriert. »Ich wünschte nur, ich hätte etwas angezogen, das leichter zugänglich ist.«

Er verschränkte seine Finger mit ihren. »Nächstes Mal.«

Es hätte noch mehr gesagt oder getan werden können, aber eine Frau, die einen Strickkorb trug, gesellte sich zu ihnen auf die Terrasse. Sie setzte sich auf die andere Seite, aber in Sichtweite.

Egal. Luna lehnte sich an ihn und von ihrem Platz aus beobachteten sie den Imbiss und den Parkplatz, um zu sehen, wann der Köder geschluckt wurde. Im Gegensatz zu ihr wollte er die Jäger eher beobachten, als sie an einen abgelegenen Ort zu locken und einen nach dem anderen auszuschalten. In der Wohnung, in der sie gehockt hatten, hatte Lochlan Lunas Idee schnell abgeschmettert.

»*Selbst wenn wir schlau sind*«, *hatte er gesagt*, »*wenn der Verräter mehr Leute schickt als erwartet, schaffen wir es nie, sie alle auszuschalten. Wir müssen nicht nur befürchten, dass sie schießen, um zu töten, es gibt auch ein großes Potenzial für Gefangennahme.*«

»*Was schlägst du dann vor?*«

»*Geduld. Wir beobachten sie und warten auf den richtigen Zeitpunkt, an dem wir handeln können, ohne Zivilisten zu alarmieren.*« Ein weiteres Wort für Menschen.

»*Was ist, wenn sie zu vorsichtig sind und wir keine Chance haben, sie zu erwischen?*«, *hatte sie argumentiert*.

»*Sie können nicht ewig vorsichtig sein, und wir brauchen nur einen.*«

Wenn sie den Anführer fingen, bekamen sie ihre Antworten. Aber wie sollten sie diese Person identifizieren?

Lochlan hatte für diesen Teil eine düstere Vorhersage getroffen. »*Ich wette, dass es jemand ist, den du schon mal gesehen hast. Vielleicht ein ehemaliger Vollstrecker. Es könnte sogar ein aktueller Lykosium-Mitarbeiter sein, der ganz oben in der Nahrungskette steht.*«

Sie wollte ihm nicht glauben. Ihr war es immer nur darum gegangen zu beschützen, und diejenigen um sie herum hatten diese Leidenschaft scheinbar geteilt. Aber einer von ihnen – vielleicht sogar mehr als einer – war ein Lügner.

Und wenn man Gerard glauben konnte, war der Verräter Kits Vater.

Das belebte Restaurant, in dem sie den Chip platziert hatten, war ein denkbar schlechter Ort für die Agenten des Lykosiums, um zusammenzukommen. Wenn sie Uniformen trugen, würden sie auffallen und zu viel Aufmerksamkeit erregen. Lochlan setzte auf die Theorie, dass sie warten würden, bis Luna aus dem Restaurant kam, damit sie sie an einem unauffälligeren Ort überfallen konnten.

Luna und Lochlan beobachteten von dem nahe gelegenen Dach aus, und innerhalb einer Stunde entdeckte sie einen übergroßen Geländewagen mit verdunkelten Scheiben, der kaum unauffällig war und hinten auf dem Parkplatz des Restaurants parkte.

»Sieht aus, als hätten sie den Köder geschluckt«, murmelte Lochlan.

»Schnappen wir sie uns.« Luna wollte sich erheben, aber er festigte den Griff an ihrer Hand.

»Noch nicht. Die Falle ist noch nicht ganz zugeschnappt.«

»Du wartest darauf, dass sie aus dem Fahrzeug aussteigen? Ich glaube nicht, dass sie das in nächster Zeit vorhaben.«

»Weil der Ort voller Leute ist. Sie sind nicht dumm. Sie wissen, dass sie in einem Imbiss voller Menschen nichts ausrichten können.«

»Wie lange werden sie dort sitzen, bevor einer von ihnen reingeht und herausfindet, dass ich nicht da drin bin?«

»Ich glaube nicht, dass wir allzu lange warten müssen.«

»Du scheinst dir ziemlich sicher zu sein.«

»Das nennt man Selbstvertrauen, Schätzchen.«

»Ist das ein anderes Wort für ›arrogant‹?«

»Nicht arrogant, wenn ich recht habe.«

»Sagen wir, jemand geht hinein. Wie soll uns das helfen? Wir sind hier oben. Sie sind da unten. Bis wir auf ihrer Ebene ankommen –«

»Sind sie schon weg. Jawohl. Auf einer aussichtslosen Verfolgung.«

Sie blinzelte ihn an. »Ich glaube, du musst mir den Plan noch einmal erklären, denn ich verstehe ihn nicht. Ich dachte, wir sollen sie anlocken und ihnen dann folgen, damit wir einen von den anderen absondern und befragen können.«

»Das ist genau der Plan. Mit einer kleinen Änderung: Wir werden die Schläger auf einen Lockvogel ansetzen, während wir mit dem Kopf der Operation sprechen.«

Moment mal ... »Du hast den Chip nicht einfach hineingeworfen, oder?«, beschuldigte sie ihn.

»Damit die Bewegungen des Peilsenders den Beobachtern natürlich erscheinen, muss er sich bewegen. Also habe ich ihn aus dem Kanister genommen und ihn jemandem gegeben.«

»Wem?«, fragte sie, wobei sie fast quiekte.

»Dieser Frau.« Er deutete auf eine winzige Person in der Ferne, die eine ähnliche Statur wie Luna hatte, allerdings war ihr Haar weniger silbrig und mehr blond. Lochlan erklärte: »Unser Lockvogel saß gerade beim Mittagessen, als ich gegen ihren Tisch stieß und den Chip in ihre Tasche fallen ließ.«

»Sie wird verletzt werden.«

»Nur wenn sie dumm sind. Sie werden nicht in der Öffentlichkeit auf sie zugehen. Sie werden sie beschatten, und wenn sie zuschlagen, um sie zu entführen, wird ihr Geruch den Trick verraten.«

»Damit haben wir uns nur um die Gruppe im Geländewagen gekümmert. Wer bleibt uns dann noch zur Befragung?«

Lochlan deutete auf ein Fahrzeug auf der anderen Seite des Parkplatzes, einen BMW mit getönten Scheiben. »Ich wette, in dem Luxuswagen sitzt ihr Boss.«

Luna runzelte die Stirn. »Scheint ein bisschen auffällig zu sein.«

»So auffällig, dass du ihm gar keine Beachtung geschenkt hast.«

Sie biss sich auf die Unterlippe. »Kapiert. Ich habe ihn gesehen und dachte, dass er entweder vom Besitzer des Ladens oder von einem Anzugträger gefahren wird, der mit seiner Geliebten zu Mittag isst.«

»Wie sexistisch von dir.«

»Du musst zugeben, dass es ein protziger Wagen ist.«

»Vielleicht lieben sie ihn wegen seiner beheizten Sitze.«

»Beheizte Sitze sind überbewertet.«

»Was fährst du gern?«, fragte er, als Lockvogel-Luna ihr Fahrzeug vom Parkplatz fuhr, wobei ihr der Geländewagen folgte.

»Ich fahre nicht oft.« Sie verzog den Mund. »Meine Aufgaben halten mich öfter im Büro, als mir lieb ist.«

»Vielleicht ist es an der Zeit, dass du deinen Pflichten sagst, sie sollen sich entspannen, damit du mehr rauskommen kannst. Bist du schon mal mit einem Quad gefahren?« Eine beiläufige Frage.

Sie schüttelte den Kopf.

»Wenn das hier vorbei ist, möchte ich dich auf eine Strecke mitnehmen, die ich kenne.«

Sie verzog die Lippen zu einem Lächeln. »Das würde mir gefallen.« Vor allem, weil er Zeit mit ihr verbringen wollte.

Oh Gott. Sie verwandelte sich bereits in einen

Einfaltspinsel. Die Paarung schien sie weicher gemacht zu haben. Ihr die Schärfe genommen zu haben.

Als er Luna auf die Füße zog, küsste er sie.

»Bist du bereit?«, flüsterte er gegen ihren Mund.

Mit ihm? Sie war zu allem bereit.

KAPITEL SECHZEHN

Lochlan hasste den nächsten Teil des Plans, auch wenn er ihn vorgeschlagen hatte. Ihm war klar, dass derjenige, der die Operation zur Entführung Lunas beaufsichtigte, wahrscheinlich aus der Ferne zuschauen würde.

Wenn er recht hatte und der BMW diese Person enthielt, was war dann der beste Weg, um sie abzulenken? Ihr Ziel direkt auf sie zuzuschicken.

Luna schlenderte zur Fahrertür des BMWs und klopfte an die Scheibe.

Lochlan hoffte wirklich, dass niemand auf sie schoss, denn aus so kurzer Entfernung würde selbst Superheilung vielleicht nicht ausreichen.

Das Fenster wurde heruntergefahren und der schmierige Kerl darin öffnete den Mund, um zu sagen: »Na, wenn das mal nicht – ah.«

Das abrupte Innehalten kam, als Luna den Mann am Hemd packte und ihn durch das Fenster zog.

Sie war stärker, als sie sein sollte. Er hatte diese Stärke vorhin gespürt. Ihre ungezügelte Leidenschaft war ein beeindruckender Anblick gewesen. Kraftvoll und schön.

Luna zerrte den Fahrer auf die Füße und vom Boden hoch. Hoffentlich sah niemand zu und wunderte sich über eine übermäßig starke Frau, die einen Mann in einem BMW angriff.

Lochlan trat näher heran. »Erkennst du ihn?«

Sie legte den Kopf schief. »Nein.« Sie schüttelte den Mann, den sie festhielt. »Wer hat dich geschickt?« Ihre Augen leuchteten in allen Farben des Regenbogens und ihre Nasenflügel blähten sich auf, als sie einatmete.

Und bekamen nichts, wie Lochlan wetten würde. Der Mann war mit einem Geruchsentferner übergossen worden. Wenn er ihn nicht sehen könnte, hätte Lochlan nicht gewusst, dass der Scheißkerl da war.

»Lass mich gehen«, forderte der Mann.

»Das werde ich, wenn du mir sagst, wer dich geschickt hat.« Luna gab nicht nach.

Der Idiot platzte heraus: »Ich weiß nicht, wovon du redest.« Eine Lüge.

»Weigerst du dich zu antworten?« Ihre Stimme senkte sich zu einem Knurren.

Der Mann richtete den Blick auf Lochlan. »Ruf sie zurück. Ich habe nichts getan.«

»Du glaubst wohl, ich hätte diese Art von Kontrolle über sie.«

»Das hat er nicht, falls du dich wunderst«, erklärte Luna.

Der Blick des Mannes wanderte zurück zu Luna. »Du würdest es nicht wagen, mich in der Öffentlichkeit zu verletzen.«

»Das ist der einzige Grund, warum du noch nicht blutest. Also, was hältst du davon, wenn wir irgendwo hingehen, wo wir ungestört sind?« Lunas süßes Gurren war die mit Abstand beängstigendste Sache.

Der Mann erbleichte. »Mein Team –«

Sie zog eine Augenbraue hoch. »Ah, du bist also nicht allein hier.«

Die Erinnerung daran, dass er ein Team hatte, machte dem geruchlosen Idioten Mut. »Ich habe Leute bei mir. Genügend, um sich um euch beide zu kümmern.«

»Schade, dass sie schon lange weg sind und einer falschen Fährte folgen, die jetzt weit genug weg ist, um dir nicht mehr helfen zu können.« Lochlan machte jegliche Hoffnung zunichte. Manchmal konnte Verzweiflung hilfreich sein, um jemanden zu überzeugen, sein Herz auszuschütten. Wenn nicht, dann fingen die schmerzhaften Teile an.

Der Mann blieb standhaft. »Ihr könnt mir nicht wehtun. Wenn ihr es tut, wird es für sie doppelt so schlimm sein. Sie ist eine gesuchte Kriminelle.«

»Auf wessen Befehl?«, fragte sie. »Wer hat dich geschickt? Wer ist der Verräter im Rat? Sag es mir.«

Die Augen des Mannes weiteten sich. »Nein, nein, nein! Ich habe nichts gesagt. Stellt es ab –«

Sein Schrei endete, als sein Kopf explodierte.

KAPITEL SIEBZEHN

Ihre einzige Spur, ein Mann, der seinen Namen nicht genannt hatte, starb mit einer riesigen Sauerei. Unvermittelt. Aus der Ferne. Jemand hatte einen Funkbefehl gesendet und *bumm*.

Überall Gehirn. Es wäre lachhaft gewesen, wenn es nicht so frustrierend gewesen wäre.

Eine Sache wurde jedoch kristallklar. Der Verräter würde vor nichts zurückschrecken, um sein Geheimnis zu bewahren. Er tötete sogar seine eigenen Verbündeten.

Da sie nicht gerade mit fleischigen Teilen und Blut im Gesicht herumlaufen konnten, stahlen sie den BMW und ließen die Reste der Leiche zurück. Hoffentlich hatte niemand ein Video gemacht. Vor allem nicht, wie sie den Mann angriff. Einen Mann, der praktisch *geplatzt* war.

Schluck.

Luna wurde nicht schlecht, weil es passiert war, sondern weil das Monster in ihr es aufregend fand.

Töten sollte niemals als Spaß angesehen werden. Obwohl sie nicht leugnen würde, dass sie Genugtuung empfunden hatte, als sie jede einzelne Person ausgeschaltet hatte, die dazu beigetragen hatte, sie mit dem Arzt zusammenzubringen. Besonders Schwester Francine. *Möge sie in der Hölle schmoren.*

»Wir müssen uns sauber machen.« Sie waren etwa zwanzig Minuten gefahren, lange genug, um aus dem Hauptteil der Stadt herauszukommen, bevor er den BMW anhielt.

»Meinst du nicht, dass wir das Gehirn abwischen müssen?«, antwortete sie fast schon hysterisch. »Das ist verrückt. Wie kann ich so etwas Böses bekämpfen? Wozu die Mühe?«

»Du machst dir die Mühe wegen der Kits in dieser Welt. Und der Poppys und aller anderen Werwölfe, die es verdient haben, gerettet zu werden. Weil du stark und gut bist.«

Sie schnaubte. »Das würdest du nicht sagen, wenn du gesehen hättest, was ich getan habe.«

»Manchmal muss man, um gut zu sein, hässliche Dinge tun.«

Ihr Kopf sank nach vorn. »Aber ich habe es so satt zu kämpfen.«

»Würde es dir helfen, wenn ich dir sage, dass du nicht allein bist?« Er hob ihr Kinn an.

»Warum solltest du dich einmischen wollen? Du

hast doch gesehen, was gerade passiert ist. Der Verräter hat jemandem den Kopf weggepustet!«

»Ja, lass uns das vermeiden, wenn es dir nichts ausmacht.«

Schluchzend warf sie sich ihm an den Hals und ließ zum ersten Mal den Anschein von Tapferkeit fallen. »Ich will nicht, dass du stirbst.«

»Ich will auch nicht, dass ich sterbe. Und ich will vor allem nicht sehen, dass du verletzt wirst. Deshalb werden wir diesen Wichser jagen und ihn ausschalten.«

»Meinst du, wir können das?« Sie hielt seine Hände fest und sah ihm ins Gesicht.

Sein schiefes Grinsen beruhigte sie fast so sehr wie seine Worte. »Zusammen können wir alles schaffen.«

Dazu gehörte auch die Online-Buchung eines Hotels mit einer Prepaid-Kreditkarte, die er zuvor gekauft hatte. Das Hotel, das sie auswählten, hatte einen elektronischen Schlüssel, sodass sie nicht an der Rezeption einchecken mussten. Sie benutzten eine App auf seinem Smartphone, um das Tor zum hinteren Parkplatz zu öffnen, und gingen dann direkt die Treppe zu ihrem Zimmer im ersten Stock hinauf.

Sie duschten gemeinsam, seiften sich ein und spülten sich zweimal ab. Dann schrubbte er die Wanne, eine Aufgabe, die er ernst nahm, während sie die blutigen Klamotten einpackte. Es war keine Zeit, sich der Leidenschaft hinzugeben, die mit jedem Blick und jeder Berührung zwischen ihnen brodelte.

Noch nicht. Sie mussten sich noch in Sicherheit bringen.

Sie blieben nicht in dem Hotel, sondern zogen wieder um und ließen den BMW zurück, in dem sie die schmutzigen Klamotten verstauten, um sie in einem Feuer zu vernichten. Das Feuerzeugbenzin, das er über die Vordersitze geschüttet hatte, entzündete sich in dem Moment, in dem die brennende Streichholzschachtel darauf traf. Hand in Hand gingen sie ein paar Blocks weiter bis zu einem schäbigen Motel, das keine Namen und Bargeld bevorzugte.

Erst als Lochlan das Zimmer gesichert hatte, liebten sie sich im Neonlicht, das durch die Vorhänge fiel. Ihr sanftes, sinnliches Aufeinandertreffen der Körper führte danach zum Löffelchenliegen, gefolgt von hartem, wildem Sex, der rote Furchen auf seinem Rücken und ein zufriedenes Lächeln auf seinem Gesicht hinterließ.

Wahrscheinlich hatte sie den gleichen Blick. Was würde sie nicht für mehr Zeit mit ihm allein geben, bevor sie sich mit dem Verräter auseinandersetzen musste.

Das brachte sie auf eine Idee.

Lochlan zeigte sich skeptisch.

»Lass mich das klarstellen. Du willst, dass wir eine Woche lang in einem Schiffscontainer leben –«

»Eigentlich etwa zehn Tage.«

Er blinzelte sie an. Für einen Mann hatte er wahnsinnig dichte Wimpern. »Bist du wahnsinnig?«

»Es ist die diskreteste Art, ohne Spuren nach Europa zu kommen.« Das aktuelle Machtzentrum des Rats befand sich in Bulgarien.

Er fuhr sich mit einer Hand durch die Haare. »Du willst zehn Tage in einem Sarg verbringen.«

»Ich verspreche dir, dass du darin herumlaufen kannst. Stell dir vor, es wäre ein kleines Zuhause für nicht einmal zwei Wochen.«

»Du weißt doch, dass ich auf einer riesigen Farm lebe, oder?«

Sie drückte ihm die Hände. »Vertrau mir.«

Das tat er. Sie landeten in einem etwa zweieinhalb mal vier Meter großen Schiffscontainer mit einem Eimer zum Scheißen und Pissen, einer Kiste mit unverderblichen Lebensmitteln und einer Luftmatratze mit ein paar Decken.

Da sie nichts anderes zu tun hatten, fickten sie.

Sie redeten. Über alles. Sogar über ihre Zeit als Gefangene.

Sie fickten noch mehr.

Sie schliefen tagsüber und geisterten nachts auf dem Schiff herum, denn Lochlan weigerte sich, die ganze Fahrt über eingesperrt zu bleiben. Luna hätte sich dagegen wehren können, bis er sie wissen ließ, dass sie nachts ein richtiges Bad benutzen könne.

»*Eine richtige Toilette und eine Dusche?*«, hatte sie voller Begeisterung gesagt.

Er hielt Wache, während sie ihr Ding machte. Um in Form zu bleiben, ging Lochlan jeden Abend joggen, und sie hielt Wache und heulte, wenn sich ein Besatzungsmitglied verirrte. In der dritten Nacht hielten Gerüchte über einen bösen Geist an Bord die meisten Matrosen nachts in ihren Kojen.

Wie alle Kreuzfahrten ging auch diese zu Ende, und Lochlan musste zugeben, dass er eine großartige Zeit gehabt hatte. Als das Schiff in Frankreich anlegte und bevor die Zollbeamten an Bord gehen konnten, flohen er und Luna vom Schiff.

Sie hatten es nach Europa geschafft. Nun stand die nächste Etappe ihrer Reise an.

Ihr Ziel: die Lykosium-Burg. Der Sitz der Werwolf-Macht.

KAPITEL ACHTZEHN

In dieser Nacht, irgendwo in Frankreich eingehüllt in Lochlans Arme, träumte Luna ...

Die Reise, die Luna vom Waisenhaus wegführte, erfüllte sie mit Hoffnung. Die meiste Hoffnung, die sie seit der Nacht, in der sie Mama verlor, gespürt hatte. Der Arzt wirkte freundlich, als er mit ihr auf dem Rücksitz des großen Wagens saß. Er hatte so viele Fragen, von denen die meisten leicht zu beantworten waren – Name, Alter, Lieblingsfarbe, Lieblingsessen.

Er hatte auch andere Fragen – die Adresse, die vollständigen Namen der Eltern, die Namen von Tanten, Onkeln und Großeltern. Er runzelte leicht die Stirn, als sie behauptete, keine Verwandten zu haben.

»Du hast doch sicher ein Zuhause.«

»Mama und ich haben in einem blauen Auto gewohnt, aber dann hat es nicht mehr funktioniert, und ein Mann mit einem dicken Bauch kam und sagte, wir

müssten es bewegen, nur Mama konnte nicht, also ließ sie mich nur meine Lieblingskleidung und Floofloo einpacken.« Das Stofftier, das sie in der Nacht im Wald verloren hatte, zusammen mit allem anderen.

»Ungewöhnlich. Was ist mit deinem Rudel?«

Sie runzelte die Stirn, als sie wiederholte: *»Mein was?«*

»Hast du jemals mit anderen wie dir gelebt? Menschen, die sich in Wölfe verwandeln konnten?«

Sie presste die Lippen fest aufeinander.

»Sei nicht so schüchtern. Ich weiß alles über deine besondere Fähigkeit. Du kannst mit mir darüber reden.«

»Mama hat gesagt, ich soll es geheim halten.«

»Deine Mama hatte recht. Aber leider ist sie nicht mehr da, also brauchst du jemanden, mit dem du reden und dem du vertrauen kannst.«

Es wäre so schön, nicht allein zu sein. Ausgehungert nach Zuneigung, redete Luna und redete. Die ganzen zwei Tage, die sie unterwegs waren, erzählte sie dem Arzt alles, was er wissen wollte. Im Gegenzug war er freundlich zu ihr und gab ihr genau das, was sie wollte, auch wenn die Kellnerin Luna misstrauisch beäugte, als sie um extra Wurst, Speck und Schinken für ihr Frühstück bat.

Als der Wagen mit seinem schweigsamen Fahrer schließlich vor einem großen Haus anhielt, sprudelte Luna vor Aufregung. *»Hier wohnst du also?«*

»Ja, und jetzt wohnst du auch hier.«

Das Zimmer, das ihr zugewiesen wurde, war

wunderschön. Es war groß und die Wände waren in Silber und Rosa tapeziert. Die Holzböden waren auf Hochglanz poliert. Die Fenster, die fast bis zum Boden reichten, waren mit hauchdünnen Vorhängen bedeckt, die fast die Gitterstäbe versteckten. Als sie in den Raum trat, der stark nach Ammoniak und anderen Reinigungsmitteln roch, fiel ihr auf, dass die dicke Tür von außen zu verschließen war.

An Möbeln hatte sie nur sehr wenig. Eine große Matratze lag direkt auf dem Boden, aber es war der Anblick eines verschraubten Metallrings auf dem Boden daneben, der Luna erstarren ließ. Das Holz um ihn herum war so stark gereinigt worden, dass es eine hellere Farbe hatte. Es war bis auf die nackte Oberfläche geschrubbt worden, aber selbst das konnte den Blutgeruch nicht beseitigen.

Gefahr!

Luna wirbelte herum, um wegzulaufen, aber der Arzt packte sie mit einem festen Griff, sodass sie fauchte und knurrte: »Lass mich los.«

»Du musst dich beruhigen.«

»Ich will hier nicht leben.«

»Zu spät.«

»Nein.« *Sie schnaubte und wehrte sich vergeblich gegen seinen Griff.*

»Und ich dachte, wir würden uns so gut verstehen«, *schimpfte der Arzt, während er den Kopf schüttelte.*

»Du hast gesagt, ich könne dir vertrauen.« *Der Verrat drohte sie mit Verzweiflung zu überfluten.*

»*Das kannst du immer noch. Aber gleichzeitig weiß ich auch, was du bist. Ein Werwolf. Ein gefährliches Monster, wenn man dich nicht unter Kontrolle hat.*«

»*Das bin ich nicht*«, protestierte sie.

»*Ich glaube nicht, dass die im Waisenhaus das so sehen.*«

Sie ließ den Kopf hängen. »*Ich wollte nie jemanden verletzen.*«

»*Ich weiß, dass du das nicht wolltest, deshalb werde ich dir helfen.*«

Sie betrachtete den Ring auf dem Boden. »*Willst du mich festbinden?*« Sie erinnerte sich daran, dass sie mal einen Hund gesehen hatte, der an eine ähnliche Vorrichtung gebunden und dessen ganze Welt auf einen winzigen Kreis reduziert war.

»*Benimm dich, dann muss ich das nicht tun.*«

Mit benehmen *meinte er, den Wolf zu bändigen.*

Das tat sie. Außer bei Vollmond, wenn der Arzt ihr sagte, sie solle ihn zur Beobachtung rauslassen. Es tat weh, sich zu verwandeln. Es tat weh, weil sie rennen und die frische Luft auf ihrem Gesicht spüren wollte. Stattdessen bestand ihre ganze Welt aus einem Schlafzimmer mit einem kleinen, angeschlossenen Bad. Ihre Fenster ließen sich nicht öffnen und verlockten sie mit einem Blick nach draußen. Der Wechsel der Jahreszeiten weckte in ihr eine Melancholie, von der sie sich auch durch Lesen nicht ablenken konnte.

Jahrelang tat sie ihr Bestes, um sich zu benehmen, auch wenn es keinen Unterschied machte. Dr. Adams –

so ein harmloser Name für einen so bösen Mann – begnügte sich zu Beginn damit, sie zu beobachten und Fragen zu stellen. Wie geht es dir? Ist die Bestie getrennt? Die gelegentlichen Blutproben, die er nahm, waren leicht zu ertragen.

Sein größtes Plus war jedoch, dass er ihr Bücher zu verschiedenen Themen mitbrachte. Sie verschlang das Wissen, auch wenn sie es nicht gebrauchen konnte.

Unter Adams' wachsamem Auge wuchs sie heran, und bei jedem Vollmond verwandelte sie sich, wobei ihr Wolf durch den engen Raum immer unruhiger wurde.

Irgendwann in ihren frühen Teenagerjahren, nach wochenlangem lautem Klopfen im Zimmer neben ihrem, enthüllte der Arzt eine Überraschung. Sie hatte jetzt Zugang zu einem Fitnessstudio mit Matten und Sprossenwand. Das konnte die aufsteigende Energie in ihrem Inneren jedoch nicht ganz unterdrücken.

Als sie älter wurde, änderte sich der Tonfall des Arztes. Er begnügte sich nicht mehr damit, sie nur zu untersuchen, sondern begann, mit ihr zu experimentieren, indem er ihr Dinge gab, die giftig oder auf andere Weise gefährlich für Menschen waren.

Aber es war der Mann, den er zu ihr schickte, um sie zu vergewaltigen, der dazu führte, dass sie schließlich versuchte zu fliehen. Sie tötete den potenziellen Vergewaltiger und als der Pfleger, der für ihr Zimmer zuständig war, die Tür öffnete, um aufgrund der Schreie des Mannes nachzusehen, drängte sie sich an ihm vorbei und lief die Treppe zum Erdgeschoss hinunter.

Dr. Adams stellte sich ihr in den Weg in die Freiheit. »Beruhige dich.«

Stattdessen knurrte sie und stürmte auf ihn zu.

Er hob eine Waffe. Der Betäubungspfeil setzte sie außer Gefecht und sie erwachte mit einer Kette an ihrem Knöchel, die lang genug war, um auf die Toilette zu gehen, aber nicht in den Fitnessraum. Sie war unzerbrechlich, wie sie feststellte, als sie versuchte, sie zu zerreißen.

Der Arzt ließ sie drei Tage lang schreien. Drei Tage, in denen sie ihren Wolf anflehte und anschrie, ihr zu helfen.

»Du brauchst nicht danach zu rufen«, verkündete Dr. Adams, als er in ihr Zimmer kam und ihr Schluchzen unterbrach. »Dein Monster ist weg. Dafür habe ich gesorgt.«

Sie blinzelte ihn an. »Du hast meinen Wolf getötet?«

»Dein Monster schläft und wird es auch weiter tun, solange ich in der Nähe bin.« Er tippte auf seine Brusttasche, aus der eine Spritze hervorlugte.

»Lass mich gehen.« Es war nicht das erste Mal, dass sie bettelte.

»Du weißt, dass ich das nicht tun kann. Was für ein Arzt würde ein Monster wie dich auf die Welt loslassen?«

Sie lief auf ihn zu, doch ihr wurde der Boden unter den Füßen weggerissen, als die Kette auf Spannung *ging und sie zurückzerrte. Sie schlug hart auf dem Boden auf.*

Der Arzt lachte. »Das wird in der Wiederholung amüsant sein.«

Er ging. Das war auch gut so, denn sie hätte ihn in Stücke gerissen.

Die Jahre danach vergingen wie in einem verschwommenen Schleier. Der Arzt pumpte sie mit Medikamenten voll, die seltsame Reaktionen in ihr auslösten. Teilweise Verwandlungen. Krämpfe. Einmal wurde sie sogar für ein paar Stunden silbern.

Warum er das tat? Das konnte sie nicht sagen. Sie konnte kaum noch denken, weil sie zu einem Tier geworden war, das jeden anfauchte, der sein Gesicht zeigte.

Eines Tages kam Dr. Adams mit aufgeknöpftem weißen Kittel herein. Er sah noch bleicher aus als bei seinem letzten Besuch und seine Haut wirkte locker, als hätte er viel Gewicht verloren.

»Ich höre, du bist wieder schwierig.« Er belehrte Luna, als wäre sie nur ein widerspenstiges Kind.

Eigentlich war sie ein Teenager. Vielleicht sogar schon eine Frau? Sie hatte aufgehört, die Jahre zu zählen, die sie hier verbracht hatte. Jahre der Folter. Jahre des Gefesseltseins. Eine Gefangene. Und jeden Tag wurde sie wütender.

Diese Wut kochte besonders heftig beim Anblick von Dr. Adams hoch. Als er hereinkam, regte sich etwas

Hungriges in ihr. Unmöglich. Dr. Adams hatte gesagt, er hätte den Wolf in ihr getötet.

»Warum kommst du nicht näher, damit wir über mein Verhalten reden können?« Sie setzte ein einladendes Lächeln auf.

Es funktionierte nicht.

»Versuchst du nach all der Zeit immer noch, mir Angst zu machen?«, spottete er. »Ich habe keine Angst vor dir.«

»Sagt der Mann, der mich gefesselt hält.« Ketten hingen an ihren Handgelenken und eine weitere war um ihren Knöchel gewickelt.

»Was für eine Versagerin du doch bist.« Der Arzt zog die Mundwinkel nach unten. »Dabei hatte ich so große Hoffnungen in dich gesetzt.«

»Tut mir leid, dass dein Experiment gescheitert ist.« *Luna verdrehte die Augen. Was würde er tun? Sie bestrafen?*

»Undankbare Schlampe.« Er machte einen Schritt in ihre Richtung und schüttelte seinen Finger.

Sie wollte ihn am liebsten abbeißen. »Große Worte für einen kleinen Mann.«

»Du solltest mir dankbar sein. Ich habe dich aufgenommen, als die Nonnen dich mit ihren Ritualen umgebracht hätten.«

»Du hast mich aufgenommen, um an mir zu experimentieren!«

»Nicht am Anfang.«

»Und was ist jetzt?«, fragte sie.

»*Was ich tue, wird der Menschheit helfen.*«

»*Lügner. Du tust es, um dir zu helfen. Einem sterbenden Menschen.*« Sie konnte die Wahrheit riechen. Jedes Mal wenn sie ihn sah, wurde der Verfall größer.

»*Viel hat es mir nicht gebracht. Ich dachte, du wärst nützlich. Aber stattdessen hast du dich als Zeitverschwendung entpuppt.*«

»*Wenn ich eine solche Enttäuschung bin, dann lass mich frei.*«

»*Oh, ich werde dich auf jeden Fall freilassen*«, murmelte er. Als hätten sie ein Zeichen bekommen, flankierten ihn große Männer. Der Pfleger zu seiner Linken hielt Luna regelmäßig fest, wenn sie für die Behandlung angeschnallt wurde.

Heute nicht.

Sie wich zurück und kniff die Augen zusammen. »*Du wirst mich umbringen.*« Früher wäre das vielleicht eine Erleichterung gewesen, aber in diesem Moment fühlte sie nur Ärger. Der Arzt hatte Luna jahrelang gequält, sie rücksichtslos ausgenutzt und dachte nun, er könne sie loswerden. Einen Teufel würde er tun.

Die großen Männer kamen auf sie zu. Hinter ihnen war eine Krankenschwester mit einer Spritze bewaffnet, deren Schutzkappe bereits entfernt war. Gifte mochten vielleicht keine tödliche Wirkung haben, aber genügend Schlafmittel würde sie umhauen. Gerade lange genug, um sie zu töten.

Nein.

Sie hatte nicht bemerkt, dass sie laut geflüstert

hatte, bis einer der Pfleger sagte: »Wehre dich nicht. Das muss nicht wehtun.«

Ruhig in den Tod gehen?
Niemals.

Luna zog sich weiter zurück, bis sie mit dem Rücken an eine Wand stieß. Die kalte Festigkeit beruhigte sie, auch wenn sie keinen Schutz bot.

Die Aufregung in ihr brodelte, als sie sich näherten, sie flankierten und sich zum Angriff bereit machten.

Lass mich frei. Ich kann uns retten.

Die Stimme hatte in ihrem Kopf gesprochen, ein vertrautes Murmeln, das sie in letzter Zeit immer öfter hörte.

Mein Monster.

Die Bestie in ihr war wütend und verbittert, nachdem sie jahrelang gefangen gewesen war. Sie flehte Luna an, losgelassen zu werden. Versprach Befriedigung.

Die Pfleger näherten sich, bereit, sie zu packen. Die Krankenschwester wirkte gelangweilt, als sie darauf wartete, ihr die Spritze zu geben.

Wir müssen nicht sterben.

Aber wie konnte Luna das Monster befreien? Der Arzt hatte ihre Fähigkeit gebrochen.

Du hast die Macht, mich aus meinem Gefängnis zu befreien.

Aber wie?

Entspann dich. Kämpfe nicht gegen mich.

Warum nicht?

Mach schon. Befreie uns.

In dem Moment, in dem sie ihren inneren Schutzschild fallen ließ, kam das Monster in ihr zum Vorschein, hart und schnell.

Luna kam erst wieder zu sich, als es mit dem Töten fertig war. Karmesinrote Rinnsale rannen die Wände hinunter, überzogen ihre Haut und durchnässten ihr Fell. Sie drückte sich auf zwei Füße hoch, was keinen Sinn machte, da sie auf Pfoten balancierte.

Was war passiert? Luna taumelte über schwarzweiße Kacheln, die mit roten Flecken übersät waren. Ein riesiger Spiegel über einem Tisch mit einer Schale voller Blumen erregte ihre Aufmerksamkeit.

Eigentlich war es ihr Spiegelbild.

Luna sah ein Monster. Ein Monster, das –

Ich ist.

Ihr Heulen ließ das Glas zerspringen.

KAPITEL NEUNZEHN

Lochlan hielt Luna fest, als der Albtraum sie erschütterte. Schweiß trat auf ihre Haut, die kalt und klamm war. Ein Zittern schüttelte sie vom Kopf bis zu den Zehen – auch ihren Geist.

Im Gegensatz zu Luna hatte Lochlan nicht die Macht, den Inhalt ihres Traums zu sehen, aber er verstand die Verzweiflung, die sie erfüllte, sehr gut. Er erinnerte sich an ihre schreckliche Färbung.

Wie viele Nächte war er schon in den Fängen eines Albtraums gewesen? Zu oft war er zitternd und nass aufgewacht. Voller Angst, die Augen zu schließen. Überzeugt, dass er nicht überleben würde, bis der Morgen anbrach.

In ihren Momenten der einsamen Dunkelheit zeigte er ihr, dass sie nicht allein war, denn er wusste, dass dieses Gefühl des Verlassenseins mehr als alles andere der Grund war, warum so viele aufgaben.

Schließlich hörte ihr Zittern auf und sie drehte sich so, dass sie ihr Gesicht an seine nackte Brust drücken konnte. Fast hätte er ihr Gemurmel überhört: »So schlimm war es schon seit Jahren nicht mehr.«

»Ich nehme an, es ist der Stress, dem Verräter gegenüberzutreten, der sich mit dir anlegt.«

»Höchstwahrscheinlich. Aber das ist nicht das Einzige, was mich stört«, sagte sie und drückte sich mit einem heißen Schnauben an seine Brust. »Was sollen wir denn tun, wenn uns niemand zuhört?«

Auf der Überfahrt hatten sie einen Plan ausgeheckt. Im Wesentlichen würden sie einen Weg finden, mit den Mitgliedern des Lykosium-Rates zu sprechen, von denen Luna annahm, dass sie am ehesten ehrlich wären. Dann würden sie den Rest durch eine Reihe von Tests entlarven, bis der Verräter entweder offenbart wurde oder etwas tat, das seine Identität verriet.

»Die Ratsmitglieder würden so ein abscheuliches Verhalten niemals dulden.«

»Nein, aber was ist, wenn sie Angst haben oder bedroht sind? Der Verräter scheint eine Vielzahl von Untergebenen zu haben.« Sie verzog den Mund.

»Hat er das? Oder sind es das Geld und die menschliche Natur? Im Grunde genommen sind die Menschen Gefolgsleute.«

»Sie folgen den Befehlen eines verdorbenen Verrückten.«

»Und? Das kommt vor. Erinnerst du dich an die Manson-Sekte? Die Geschichte ist voll von Beispielen von Menschen, die etwas getan haben, von dem sie wussten, dass es falsch war, aber es trotzdem taten, weil jemand es ihnen befohlen hatte.«

»Steht das nicht im Widerspruch zu deinem *Ich glaube nicht, dass der Rat die Taten des Verräters gutheißen würde?*«

»Lass es mich anders ausdrücken: Auch wenn einige Angst haben oder erpresst werden, um zu unterstützen oder untätig zu bleiben, würde ich wetten, dass sie die Chance begrüßen würden, sich zu wehren und den Verräter loszuwerden.«

»Aber wem können wir vertrauen?«, flüsterte sie. Sie hatte viele Freunde, die Roben trugen. Zwei davon waren schon bei ihrer Rettung aus dem Haus des Doktors dabei gewesen. Sie waren zwar einen Tag zu spät gekommen, aber sie hatten trotzdem gehandelt.

»Wir müssen daran glauben, dass es einen Wolfsgott gibt, der zusieht und uns die Daumen drückt, dass wir siegen.«

Sie blies ein heißes Schnauben auf seine Brust. »Ist das der Punkt, an dem ich sage, dass ich dich nicht für einen religiösen Eiferer gehalten habe?«

Er lächelte gegen ihren Kopf. »Das bin ich nicht, und trotzdem glaube ich.«

»Sogar nach all dem, was dir passiert ist?«

»Genau deswegen. Der Hubschrauberabsturz? Ich hätte das nicht überleben sollen. Der ganze Tag war eine Aneinanderreihung von glücklichen Zufällen. Ein Wunder, wenn du es genau betrachtest.«

»Für dich vielleicht. Gott war nicht da, als ich Leuten das Genick gebrochen und ihnen die Kehle herausgerissen habe. Berichten zufolge habe ich Gliedmaßen abgerissen und sie wie Frisbees herumgeschleudert.«

»Ich wette, sie hatten es verdient.«

»Das macht es aber nicht richtig.«

»War es notwendig?«, fragte er leise.

Sie schwieg einen Moment lang, bevor sie leise ausatmete. »Sie haben mir wehgetan.«

Das Geständnis brachte ihn um, denn in diesem Moment hörte er das verratene kleine Mädchen. Er wünschte sich nichts sehnlicher, als sie gerettet zu haben. Aber er war Jahrzehnte zu spät gekommen.

»Ich bin neidisch«, murmelte er, woraufhin sie überrascht ausrief: »Warum?«

»Weil du den Mut hattest, die Leute auszuschalten, die dich verletzt haben. Ich? Ich bin weggelaufen und habe mich versteckt.« Er hatte oft darüber geklagt, dass er nicht sofort zurückgekommen war, um die anderen Werwölfe zu retten. Er hatte solche Angst gehabt, erwischt zu werden und wieder in diesem Teufelskreis zu landen. Als er schließlich handelte, hatten sie das Lager verlegt und er hatte es nie wiedergefunden.

»Es gibt Zeiten, in denen ich mir wünschte, ich wäre weggelaufen und hätte mich vor allen versteckt«, sagte sie.

»Wir können immer noch weggehen«, bot er an.

»Wir können uns einen abgelegenen Ort suchen, nur du und ich.«

»Ich kann Kit nicht verlassen.«

Erleichterung machte sich in ihm breit, denn er war sich nicht sicher, ob er seine Familie im Feral Pack einfach so hätte aufgeben können. »Dann werden wir wohl den Verräter finden.«

»Leichter gesagt als getan«, murmelte sie. »Es ist verlockend wegzugehen.«

»Sag nur ein Wort und ich setze dich in einen x-beliebigen Flug. Dann noch einen, bis es keine Möglichkeit mehr gibt, uns zu folgen. Um sicherzugehen, wandern wir nach der Landung mindestens ein paar Tage im Schutz der Dunkelheit. Bevor wir wieder auftauchen, werden wir unser Aussehen verändern und uns neue Namen zulegen.« Er legte einen Plan vor, falls sie eine Vision brauchte.

»Du hast Kit vergessen.«

»Wir werden ihn und Poppy überzeugen, sich uns anzuschließen.«

»Sie wird ihren Bruder nicht verlassen.«

»Wir nehmen auch Darian mit.«

»Warum nicht gleich das ganze Feral Pack?«, erwiderte sie sarkastisch.

»Mir gefällt, wie du denkst. Wir ziehen an einen abgelegenen Ort und leben von der Natur.«

»Das klingt nach viel Arbeit«, grummelte sie.

»Dann schätze ich, dass wir in eine Burg einmarschieren.«

Auf ihrer Reise hatte Luna ihm alles über den Machtsitz des Lykosiums erzählt, der bereits seit mehr als einem Jahrhundert ihr Hauptquartier war. In die Burg passten locker ein paar Hundert Leute.

»Warum klingst du so aufgeregt?«, fragte sie.

»Ist das ein schlechter Zeitpunkt, um zu erwähnen, dass ich eine heimliche Vorliebe für historische Dramen habe, besonders für Belagerungen von Burgen?«

»Wir belagern nicht.«

»Natürlich nicht. Dafür bräuchten wir eine Armee oder zumindest ein paar Wurfgeschütze. Wir müssen unauffällig eindringen. Von innen einmarschieren.«

Reinzukommen wäre nicht das Problem. Lebendig wieder herauszukommen? Das war ungewiss, und doch würden sie es tun, denn Lochlan hatte seine Gefährtin nicht erst so spät im Leben gefunden, um sie dann zu verlieren. Jemand bedrohte sie, was bedeutete, dass Lochlan denjenigen ausfindig machen und erledigen würde.

Ein Zug brachte sie in eine mittelgroße Stadt in Bulgarien. Sie kamen ohne Zwischenfälle an. Entweder waren sie dem Verräter entkommen oder sie liefen in eine Falle. Er tippte auf Letzteres.

In der Stadt bezahlte Luna einem alten Mann viel zu viel für ein altes, rostiges Auto. Lochlan widersprach ihr aufgrund ihrer angespannten Miene nicht. Seitdem sie die Grenze überquert hatten, war sie konzentriert und entschlossen. Hinter ihrem tapferen Äußeren verbarg sich Angst.

Ein Gefühl der Beklemmung befiel auch ihn. Die Art von Angst, die ihm vor einer Schlacht immer den Mund trocken gemacht hatte. Gleichzeitig schürte es eine Vorfreude, die ihn hyperwachsam machte.

Sie fuhren nicht direkt zur Burg, sondern parkten auf einer Farm, wo sie für den Tag Pferde mieteten. Nur ein Touristenpaar, das einen Ausritt machen wollte.

Luna schien sich im Sattel wohlzufühlen, eine Frau mit vielen Facetten, die sich jeder Situation anpassen konnte. Sie war immer fähig und souverän, bis sie allein waren, und dann schmolz sie für ihn dahin. Was würde er nicht dafür geben, sie wegzubringen, damit sie nie wieder mit dieser Hässlichkeit konfrontiert würde. Sie hatte schon genug gelitten. Aber weglaufen würde bedeuten, in Gefahr zu leben. Das war in Ordnung, wenn es nur um sein Leben ginge, aber Lochlan wollte nicht damit leben, dass ihres bedroht war.

Anstatt mit den Pferden direkt zum Schloss zu reiten, führte sie sie auf einem verschlungenen Pfad zu einer Hütte. Sie war von außen aus Stein und hatte ein Strohdach, aus dem ein Schornstein ragte. Trotz der klirrenden Kälte in der Luft entwichen keine Rauchfahnen.

»Dieses Haus gehört ...« Lochlan durchsuchte sein Gehirn nach den Namen. Luna hatte so viele

Mitglieder des Rates beschrieben, wie sie konnte, obwohl er zu diesem Zeitpunkt mehr daran interessiert gewesen war, sich die Form ihres Körpers einzuprägen.

»Padme und Hester, den beiden ältesten Ratsmitgliedern. Sie machen nicht mehr viel, außer in ihrem Garten herumzuhängen.« Meinte sie mit *Garten* den, der vor ihnen lag? Das Tor schaukelte locker im Wind. Überreife Früchte hingen an den Pflanzen. Noch mehr lagen auf dem Boden und verfaulten. Schon lange hatte sich niemand mehr um diesen Garten gekümmert.

Ein schreckliches Zeichen, das Luna gesehen haben musste, aber sie äußerte sich nicht dazu. Er sagte nichts, als sie zur Tür ging und klopfte. Sie wartete kaum darauf, dass jemand antwortete, bevor sie die Tür selbst öffnete und eintrat.

Der Hauch des Todes, der aufstieg, hielt ihn draußen und es dauerte nur einen Moment, bis sie mit aschfahler Miene zu ihm zurückkam.

Es waren keine Worte nötig. Zwei waren tot. Wie viele andere hatten sich Padme und Hester bereits angeschlossen?

Sie zogen weiter, diesmal zu Fuß, und ließen die Pferde zurück, damit sie im reifen Garten grasen konnten. Sie sprachen nicht. Sie hatten alles gesagt, was gesagt werden musste – bis auf *Ich liebe dich*.

Lochlan hatte ein Leben lang diese Worte vermieden, weil er dachte, er hätte sie nicht verdient. Und jetzt, da er die Liebe gefunden hatte, fürchtete er, sie zu verlieren. Eine Erklärung würde aber noch warten müssen. Er würde es ihr sagen, wenn sie gesiegt hatten. Es würde kein *Falls* geben.

Die Burg tauchte zwischen den Bäumen auf und die Andeutung von grauem Stein sorgte dafür, dass er sich anspannte. Wieder einmal überkam ihn der Drang zu fliehen. *Schnapp dir Luna und versteck dich.* Aber das hatte er schon einmal getan – sich versteckt – und es bereut. Er hatte seine Brüder im Stich gelassen. Er hatte sich dabei selbst im Stich gelassen. Er war zu einem verbitterten alten Mann geworden, einem Feigling, der das Böse hatte gedeihen lassen, weil er Angst hatte.

Jetzt nicht mehr.

Sie schlichen leise zu Fuß, während er darüber nachdachte, sich in seinen Wolf zu verwandeln. Welche Gestalt würde ihm am besten dienen? Als Wolf hatte er geschärfte Sinne, scharfe Zähne und Krallen. Als Mann hatte er das Gewehr, das er einem Typen auf der Straße abgekauft hatte. Er hatte nur wenig Munition – er hatte es nur einmal abgefeuert, um sicherzustellen, dass es funktionierte. Mit einer Waffe konnte er schneller töten. Aber was war, wenn ihm die Kugeln ausgingen?

Die Entscheidung wurde ihm abgenommen. Die Warnung, die in Form einer Stille kam, die für den Wald zu tief und unnatürlich war, traf ihn zu spät.

Gestalten fielen von den Bäumen. Stumm. Ohne

Duft. Sie zielten mit zu vielen Waffen, als dass er ihnen ausweichen konnte.

Der perfekt ausgeführte Hinterhalt brachte Luna in Rage. Anstatt etwas Dummes zu tun, wie anzugreifen, hielt sie ihr Kinn hoch. »Haltet euch zurück. Ich gehöre zum Rat.«

»Auf die Knie, Hände über den Kopf«, blaffte eine Stimme. Das Gesicht der Person wurde von einer dunklen Maske verdeckt.

»Weißt du, wer ich bin?« Gesprochen in Lunas hochmütigstem Ton.

»Ja, das tue ich. Ich kenne dich besser, als du dich selbst kennst, Luna.« Eine Gestalt in einer Robe trat hinter einem riesigen Baumstamm hervor. Sein Geruch war irgendwie vertraut und brachte Lochlan dazu, die Stirn zu runzeln.

»Peter.« Luna sprach den Namen ausdruckslos aus. »Ich hätte mir denken können, dass du der Verräter bist. Obwohl ich zugeben muss, dass ich überrascht bin, dass du zwischen deiner Hurerei und Glücksspielen noch Zeit hattest, Verrat zu begehen.«

»Da haben wir es wieder. Die heilige Luna belehrt mich über ein Verhalten, das eines Ratsmitglieds unwürdig ist«, spottete die Gestalt in der Robe.

Diese Stimme nagte an Lochlan.

»Du hättest nie in den Rat aufgenommen werden sollen«, sagte sie. »Ich nehme an, du hast dir deinen Platz durch Erpressung erschlichen.«

»Das ist kaum nötig, wenn Bestechung viel besser funktioniert.«

»Damit wirst du nicht durchkommen. Die meisten im Rat hassen dich.«

»Das haben sie. Deshalb mussten sie auch gehen. Du weißt, was man sagt – raus mit dem Alten, rein mit dem Neuen.«

»Du hast sie alle getötet?« Sie konnte ihren Schock nicht verbergen.

»Nicht alle. Nur die, die schon lange hätten abtreten sollen und Veränderungen nicht gut aufgenommen haben.«

»Und mich wirst du als Nächstes töten?« Sie blieb trotzig und tapfer.

»Das wäre eine Verschwendung deiner Gene.«

»Was auch immer dein teuflischer Plan ist, ich werde dir nicht helfen.«

»Du wirst keine Wahl haben. Du und der unerlaubt abwesende Soldat an deiner Seite sind jetzt in meiner Macht.«

Erst als der Mann seine Kapuze zurückzog, schnappte Lochlan nach Luft. »Feldwebel McLean?«

KAPITEL ZWANZIG

Der Schock, dass Lochlan Peter mit einem anderen Namen ansprach, hatte keine Zeit, sich zu setzen, denn Peter brüllte Befehle.

»Sperrt den Mann in einen Käfig. Versucht aber, ihn nicht zu töten. Ich weiß, dass Dr. Itranj sich freuen wird, den verlorenen Unteroffizier zu sehen.«

Die Drohung führte dazu, dass Lochlan blaffte: »Einen Teufel werdet ihr tun!«

Er zog seine Waffe und schoss schnell. Die Kugeln verfehlten Peter, trafen aber zwei Soldaten in die Brust, was jedoch wenig Wirkung zeigte, da sie Schutzwesten trugen.

Lochlan hatte nicht den gleichen Schutz. Pfeile durchbohrten seine Brust. Während er schwankte und versuchte, wach zu bleiben, lallte er: »Es tut mir leid, Schätzchen.«

Es tat ihm leid? Es war ihre Schuld, dass sie in eine

Falle getappt waren. Sie hatte nicht damit gerechnet, dass der Verräter das Lykosium so gründlich unter seine Kontrolle bringen würde. Noch eine Fehlkalkulation. Und zwar eine tödliche.

Lochlan sackte zusammen, bevor er umfiel, und so sehr sie ihm auch zu Hilfe eilen wollte, wusste sie, dass sie ihm kaum helfen konnte. Sie hätte eine Waffe mitnehmen sollen.

Du bist eine Waffe. Ihr Monster pulsierte. *Lass mich raus.*

Als würde sie darauf hören. Sie konnte es sich nicht leisten, den Verstand zu verlieren. Vor allem, wenn es nichts bringen würde. Die Soldaten würden sie auf dem Boden schnarchen lassen, bevor sie ihre Kleidung zerfetzen konnte.

»Sollen wir?« Peter deutete auf den Weg vor ihm, aber anstatt hinter ihr zu gehen, hielt er Schritt, während seine ihn flankierenden Soldaten dafür sorgten, dass sie nicht entkommen konnte. Als würde sie Lochlan verlassen, der bewusstlos und verwundbar hinter ihnen getragen wurde. Er brauchte sie, um einen Ausweg aus diesem Schlamassel zu finden. Das begann mit Informationen.

»Du und Lochlan kennt euch«, sagte sie.

»Er hat unter mir gedient, als ich die Rolle des Feldwebels McLean gespielt habe.«

Sie legte den Kopf schief, als sie ihn ansah. In der Version von Peter, die sie kurz in Lochlans Traum gesehen hatte, war er glatt rasiert und kurzhaarig gewesen – mit anderen Worten, er war nicht wiederzuerkennen. Der Peter, den sie kannte, hatte immer lange, zottelige Haare und einen Bart getragen. »Die Rolle gespielt?«

»Als wollte ich jemals für jemand anderen als mich selbst kämpfen.«

»Du warst ein Vollstrecker, als ich dich kennengelernt habe.« Das einzige Mal, als sie ihn gesehen hatte, war er während ihrer Rettung bei Padme gewesen.

»Ein Job, der sich als langweilig herausstellte, also habe ich mich auf anspruchsvollere Dinge verlegt. Es hat sich herausgestellt, dass Menschen genauso leicht zu manipulieren sind wie Werwölfe. Mit dem richtigen Druckmittel ist es leicht, im Rang aufzusteigen.«

Was er andeutete, traf sie wie eine Ohrfeige. »Du bist derjenige, der die Werwölfe an das menschliche Militär verraten hat.«

»Ja und nein. Das Militär wusste bereits von den Werwölfen. Was sie nicht hatten, war ein Mittel, um sie unter den menschlichen Soldaten herauszupicken.«

»Du hast ihnen geholfen?« Sie schrie fast und fragte sich, warum keiner der Männer um sie herum reagierte. Wie konnten sie sich um einen solchen Verrat an ihrer Art nicht scheren?

Ein Blick zur Seite zeigte, dass die Wachen nach vorne starrten. Uninteressiert.

»Kümmere dich nicht um sie. Sie wissen es besser, als mich zu verraten. Sie haben gesehen, was passiert.«

Aufgrund von Peters Hang zum Töten konnte sie sich denken, welche Drohungen er aussprach.

»Du hast unsere Leute ermordet.«

»Unsere Leute?« Peter schnaubte. »Feige Tiere, die sich mit Abfällen zufriedengeben, obwohl wir die Welt regieren sollten.«

»Wir verstecken uns, um uns zu schützen.«

»Wir verstecken uns, weil es den Verantwortlichen an Mut und Weitblick fehlt. Ich bin für etwas Besseres bestimmt, und du auch, *Schwester*.«

Bei diesem Wort dröhnte es in ihrem Kopf. »Sag das nicht. Wir sind nicht verwandt.«

»Tatsächlich sind wir das. Dieselbe Mutter, derselbe Vater. Ich bin zwei Jahre älter als du. Ich war derjenige, der zurückblieb, als unsere Mutter mit ihrem lieben Baby floh und mich mit *ihm* zurückließ.« Seine Stimme sank um eine Oktave.

»Ich verstehe das nicht.« Das tat Luna wirklich nicht. Sie war noch ein Kind gewesen, als ihre Mutter sie durch das Land geschleppt hatte. Sie war zu jung gewesen, um zu begreifen warum, und später nahm sie an, dass ihre Mutter sich vor etwas oder jemandem versteckt hatte.

»Sagen wir einfach, Vater hatte ein gewisses Temperament. Lass deiner Fantasie freien Lauf und ich bin sicher, du kannst dir den Rest denken.«

Misshandlung in der Ehe würde erklären, warum ihre Mutter weggelaufen war. »Es tut mir leid, dass sie dich zurückgelassen hat.«

Er lachte. »Mir nicht. Es ist besser, von jemandem aufgezogen zu werden, der stark ist, als von jemandem, der schwach ist. Ich habe in den Jahren, nachdem sie mich verlassen hatte, viel gelernt.«

»Was ist mit ...« Sie konnte nicht Vater sagen, aber Peter verstand.

»Er starb, als ich keine Verwendung mehr für ihn hatte. Ich schwöre, seine Augen haben vor Stolz geglänzt, als ich sein Leben beendet habe.«

War Peter schon immer so verdorben gewesen? Hatte ihre Mutter ihn deshalb zurückgelassen?

»Was hat das alles damit zu tun, dass du die Werwölfe an diesen Psycho Gerard Kline und das Militär verraten hast?«

»Nichts. Das war rein geschäftlich. Der Rat bezahlt seine Mitglieder nicht besonders gut. Sie verwenden ihre Spenden und Gelder immer zum Schutz der Werwölfe, bla, bla, bla«, beschwerte sich Peter, als sie den Wald verließen und die riesige, aufragende Burg erblickten. »Ein Mann wie ich braucht mehr. Also habe ich überall, wo ich konnte, Geschäfte gemacht. Das Militär, die Reichen, sogar deine wertvollen Ratsmitglieder haben einen Preis. Das Ergebnis zahlte sich aus, und ich stieg in den Rängen des Lykosiums auf.«

»Durch Lügen und Täuschung? Es ist unmöglich, dass dir niemand auf die Schliche gekommen ist.«

»Es ist erstaunlich, wie leicht es ist, beklagenswerte

Informationen zu verbergen, wie das Verschwinden von ein paar Werwölfen hier und da.«

»Ein paar? Deine Aktionen haben ganze Rudel ausgelöscht.«

»Ein Fehler, denn die Beschleunigung meiner Aktionen hat unglücklicherweise Aufmerksamkeit erregt. Ich hätte mich mit ein paar von jedem Rudel hier und da begnügen sollen, um es besser zu verbergen.«

Seine Gleichgültigkeit verblüffte sie. »Du bist ein Mörder.«

»Und?« Er zeigte absolut keine Reue.

»Es ist mir egal, ob wir verwandt sind. Ich werde dich töten.«

»Wie? Wir wissen beide, dass du dich nicht verwandeln kannst. Zumindest nicht ohne fremde Hilfe.« Er grinste spöttisch. »Dr. Adams hat dich mit seinen Experimenten ganz schön böse reingelegt. Schade, dass du ihn umbringen musstest.«

Sie blinzelte. »Der Mann hat mich gefoltert.«

»Dr. Adams war ein Visionär. Eine Durchsuchung seines Hauses hat mir die Augen geöffnet. Wusstest du von seinen vielen Tagebüchern, in denen er jeden Schritt seiner Studien festgehalten hat?«

»Du hast seine Aufzeichnungen gesehen?« Sie hatte angenommen, dass sie mit seinem Haus verbrannt waren. Sie hatte an Padmes Seite gestanden, die sie an diesem Tag gerettet hatte, und die tanzenden Flammen beobachtet, als diese ihr Gefängnis auslöschten. Schade, dass das Feuer ihre Erinnerungen nicht löschen konnte.

»Adams schrieb über dich und die, die vor dir kamen. Er hatte so viele Tagebücher, in denen er seine Experimente und Studien niederschrieb. Da Padme und ihre Bande seine Arbeit nicht zu schätzen wussten, habe ich sie im Wald vergraben, bis ich sie zu einem späteren Zeitpunkt wieder holen konnte. Das dauerte fast ein Jahr, und dann brauchte ich eine Weile, um den ganzen wissenschaftlichen Hokuspokus durchzulesen, für den zu lernen ich keine Zeit hatte. Damals war ich kein sehr geduldiger Mann. Und auch kein reicher. Deshalb erwies sich das Militär als nützlich. Dort gab es Leute, die Adams' Arbeit entziffern und mir helfen konnten, einige seiner Seren zu perfektionieren. Gleichzeitig erwiesen sie sich als restriktiv, beschwerten sich über die Budgets und darüber, wie schwer es war, den Tod der Soldaten zu verbergen, die wir in das Programm einberufen hatten. Danach habe ich mich mit Kline zusammengetan. Er stellte die Mittel zur Verfügung, um die Studien von Dr. Adams fortzusetzen, die zufälligerweise an einem Mädchen durchgeführt wurden, das denselben Namen trug wie die Schwester, die ich verloren hatte.«

»Studien.« Sie stieß das Wort verächtlich aus, während sie sich vor Augen führte, wie lange er die Werwölfe verraten hatte. So viele Leben wurden seinetwegen verloren. Und es war ihm egal.

»Du solltest stolz darauf sein, was du zu seinen

Forschungen beigetragen hast«, sagte Peter. »Deinetwegen sah Adams die Situation der Werwölfe als etwas an, das man kontrollieren kann, und schuf die Werkzeuge dafür, wie zum Beispiel die Formeln zur Unterdrückung oder Erzwingung der Verwandlung.«

Die unverhohlene Enthüllung ließ sie fauchen: »Indem du Kline dieses Pulver gegeben hast, hast du dein eigenes Volk gefoltert und ermordet.«

»Gegeben?« Peter lachte. »Ich bin kein Wohltäter. Kline hat ein Vermögen für jede einzelne Packung bezahlt.«

Die Niedertracht nahm kein Ende, und gleichzeitig schloss sich ihr Kreis. Dr. Adams mochte an dem Tag gestorben sein, an dem Luna geflohen war, aber es schien, dass sein böses Vermächtnis in Peter weiterlebte. Es tat ihr fast weh, zu fragen: »Bist du Kits Vater?« Sie konnte genauso gut alle Antworten bekommen, bevor sie ihn tötete.

Denn das würde sie tun, selbst wenn es das Letzte war, was sie tat.

»Kit. Was für ein dummer Name.«

»Wir mögen ihn.« Sie verteidigte den Spitznamen, der hängengeblieben war. Es war ja nicht so, dass Kit eine seltene Bezeichnung unter Menschen war. Viele Jungs hatten diesen Namen. »Du hast die Frage nicht beantwortet.«

»Ich habe der Füchsin, die ihn geboren hat, mein Sperma gespendet. Für eine Kitsune war Mariella sehr fruchtbar, aber nicht sehr gehorsam. Sie wurde wütend, als sie erfuhr, dass ich einen Käufer für unseren ersten Wurf hatte.«

»Du hast deine eigenen Kinder verkauft?« Luna war noch immer fähig dazu, schockiert zu sein. »Ich dachte, sie und die Kinder wären gefangen genommen worden.«

»Waren sie auch. Kline bevorzugte ein wenig Sport. Ich habe ihm einen Ort verkauft, der zufällig das hatte, wonach er suchte.«

Luna schwankte auf ihren Füßen. »Was für ein verdorbenes Arschloch verkauft seine eigene Familie als Futter für Jäger?«

»Ich sagte doch, dass ich Geld brauchte.«

»Mistkerl.« Sie konnte nicht anders, als sich auf ihn zu stürzen.

Ihre Hände schafften es nie, seine Kehle zu umschließen.

Beruhigungspfeile trafen sie von allen Seiten, wobei sie die Stiche kaum registrierte, aber die Drogen ließen sie direkt in die Dunkelheit fallen.

Sie wachte in einem Käfig auf.

KAPITEL EINUNDZWANZIG

Lochlan war in einem Käfig eingesperrt, und es war seine eigene Schuld. Er und Luna waren direkt in eine Falle gelaufen. Er hatte sie schon von Weitem kommen sehen und war ihr verdammt noch mal nicht ausgewichen. Er hätte Luna in dem Moment wegbringen sollen, in dem sie herausfanden, dass die Ratsmitglieder in der Hütte ermordet worden waren.

Nicht dass sie ihn gelassen hätte. Die Frau war nicht der Typ, der sich vor seiner Verantwortung drückte, egal wie groß die Gefahr war. Selbst als sie umzingelt waren, hatte sie ihren Kopf hochgehalten.

Verdammt sei ihr selbstbewusster und sexy Hintern.

Lochlan fehlte die gleiche kühle Gelassenheit. Man musste sich nur seine Reaktion ansehen, als er seinen alten Feldwebel gesehen hatte, den Wichser, der ihn und so viele andere verraten hatte. Am liebsten hätte er Feldwebel McLean das Gesicht abgerissen und es ihm zum Fraß vorgeworfen. Aber er hatte versagt. Die mit Betäubungsgewehren bewaffneten Soldaten hatten ihn ausgeschaltet, bevor er wirklichen Schaden anrichten konnte.

Beruhigungsgeschosse, nicht Kugeln, hatten Lochlan ausgeschaltet. Eine gute und eine schlechte Nachricht. Die gute? Er hatte überlebt. Die schlechte? McLean wollte ihn lebend, was bedeutete, dass er etwas geplant hatte. Als die Beruhigungsmittel gewirkt hatten, hatte Lochlan die Wahl – kämpfen und verlieren, weil er keinen Vorteil hatte, oder vortäuschen, dass er bewusstlos war. Er war davon ausgegangen, dass er später eine bessere Chance zur Flucht hätte.

Würde McLean sich an Lochlans Resistenz gegen die meisten Drogen erinnern? Hoffentlich nicht.

Lochlan hatte seine Glieder schlaff werden und sich mit geschlossenen Augen zu Boden sinken lassen, um Bewusstlosigkeit vorzutäuschen. Sollten sie es ihm abkaufen. Er würde auf die richtige Gelegenheit warten und Ausschau halten. Das war der beste Weg, um Luna zu helfen.

Sie war selbstsicher geblieben, zumindest für diejenigen, die sie nicht kannten. Aber Lochlan kannte sie besser, als er sich selbst kannte. Er hatte die schwelenden Gefühle in ihr gespürt. Wut über die Situation, mehr noch über den Verrat. Was die Angst anging? Sie hatte ihren Zorn benutzt, um sie zu unterdrücken. Aber er hatte gewusst, dass sie da war.

Sie brauchte Lochlan.

Er musste klug sein.

So sehr er auch zur Rettung hatte eilen wollen, so sehr hatte er sich darum bemüht, schlaff zu bleiben, als die geruchlosen Soldaten ihn an den Armen packten und in die Burg schleppten.

Sie waren nicht gerade sanft mit ihm umgegangen und hatten ihn ohne Rücksicht auf Prellungen oder Brüche einige Stufen hinuntergestoßen. Die Treppe musste ein Original der Brug sein, denn der Stein war glatt und in der Mitte durch die vielen Schritte ausgetreten.

Eine Tür am Fuße davon führte sie in eine große, runde Kammer, die ihn mit Gerüchen überhäufte. Der antiseptische Geruch eines Krankenhauses, eine chemische Reinigung, die die Nase reizte. Trotz des überwältigenden Ammoniaks blieben die Gerüche von Urin, Blut und Panik bestehen.

Die Soldaten, die ihn auf beiden Seiten festhielten, waren auf einen Käfig zugegangen, hatten ihn hineingeworfen und mit dem Gesicht voran auf den Betonboden fallen lassen.

Als die Käfigtür zugeschnappt war, hatte sich einer von ihnen beschwert: »Ich hasse diese Mäntel. Sie sind zu klein.«

»Nur wenn du ihnen die falsche Größe sagst«, erwiderte der andere Soldat und lachte.

Ein Reißverschluss wurde heruntergezogen, als das Schloss einrastete.

»Ich weiß nicht einmal, warum sie uns zwingen, sie zu tragen. Wir könnten unsere Kleidung einfach mit dem Zeug besprühen, das uns unsichtbar macht.«

Als Lochlan den Geruch der Menschen wahrgenommen hatte, hatte er all seine Beherrschung gebraucht, um nicht zu reagieren. Denn er war von Menschen gefangen worden. Der alte Feldwebel hatte sich mit dem größten Feind der Werwölfe verbündet.

Als die Schritte der Soldaten verhallten, öffnete er ein Auge, um seine Lage zu überprüfen. Der Käfig hatte einen Betonboden, der bis auf ein kleines Loch glatt war – eine Art Abfluss für Körperflüssigkeiten nach der Folter. Dem Geruch nach zu urteilen war er schon oft benutzt worden. Blut, Schweiß und Schreck schienen aus den Wänden und dem Boden des renovierten Verlieses zu sickern.

Er blieb still liegen und lauschte, während er die Gitterstäbe des Käfigs betrachtete, die aus einer Art mit Silber beschichtetem Metall bestanden. Was für ein Witz. Nur die wirklich Abergläubischen schrien, dass sie bei der Berührung von Silber verbrannten.

Als die Tür zum Kerker sich hinter den Soldaten schloss, öffnete er beide Augen und erschrak beim Anblick eines Zuschauers.

Dr. Itranj war hagerer, als Lochlan es in Erinnerung hatte. Er war in den gut zehn Jahren seit Lochlans Flucht nicht gut gealtert. Außerdem hatte der Mann seinen Duft so gut versteckt, dass der träge Lochlan seine Nähe nicht geahnt hatte.

Jemand musste diese Formel unbedingt zerstören, denn der Geruchssinn eines Werwolfs war alles.

»Ich wusste, dass du nicht tot bist.« Itranj strahlte mit der Freude eines Kindes an Weihnachten.

Es war widerlich, einen erwachsenen Mann so begeistert von der Aussicht auf Folter zu sehen, aber nicht wirklich überraschend.

»Wie ich sehe, hat Sie noch niemand in Stücke gerissen. Schade«, war seine trockene Antwort.

»Immer noch sarkastisch, das zeigt, dass deine kognitiven Fähigkeiten nicht nachgelassen haben.« Der Mann analysierte ihn bereits. Itranj bewegte sich um den Käfig herum.

Lochlan stand auf und drehte sich, um ihn im Blick zu behalten.

»Du scheinst in guter Verfassung zu sein«, bemerkte Itranj.

»Im Gegensatz zu Ihnen.« Die Schultern des Arztes waren gebeugt und er sah zu dünn aus, ganz im Gegensatz zu seinem früheren prallen Körperbau.

Itranj ignorierte seine Worte und murmelte noch ein paar Beobachtungen. »Es scheint, als wärst du immer noch resistent gegen Schlafmittel. Was ist mit Giften?«

»Die vermeide ich normalerweise. Davon fühle ich mich oft aufgebläht«, gab Lochlan zurück. Der letzte Teil stimmte, aber er mied sie nicht. Im Gegenteil, Lochlan hatte während der Jahre, in denen er sich versteckt gehalten hat, dafür gesorgt, dass er genauso zäh oder noch zäher war als zu seiner Zeit als Soldat. Meistens hatte er das allein getan, indem er die Auswirkungen immer wieder ertrug, bis er die Krankheit gemeistert hatte.

»Es wird interessant sein, deine Testergebnisse mit denen der Kontrollgruppe zu vergleichen.«

Die Aussage des Arztes ließ ihn erstarren. »Welche Kontrollgruppe?«

»Die, die McLean für mich beschafft hat. Das war eine meiner Bitten, um wieder Partner zu werden.«

»Sie haben nicht die ganze Zeit mit ihm zusammengearbeitet?«

»Das wäre schwierig gewesen, denn wir haben in verschiedenen Gefängnissen gesessen.«

»Sie waren im Knast?«

»Alte Anklagepunkte aus meiner Zeit in Europa, bevor ich merkte, dass die Leute nicht bereit für meine Größe waren.«

»Wie kam es dazu, dass Sie und McLean wieder zusammenarbeiten?«, fragte Lochlan, der widerwillig fasziniert war.

»Er hat mich kontaktiert. Er wollte wissen, ob ich seit unserer Trennung irgendwelche Fortschritte gemacht hatte. Das hätte ich getan, wenn ich Zugang zu einigen Versuchspersonen bekommen hätte. Jetzt habe ich mehr als genug, um meine Arbeit zu beenden.« Itranj rieb sich vergnügt die Hände.

»Sie haben Werwölfe gefangen?«

»Das waren McLean und seine Leute. Ursprünglich wollte er alle in der Burg töten, aber ich habe ihn darauf hingewiesen, dass das töricht und eine Verschwendung wäre. Stattdessen haben wir geeignete Kandidaten schlafen gelegt und sie in die Arrestzellen gebracht.« Er deutete auf eine offene Tür auf der anderen Seite des Kerkers, die zu einem Korridor voller kleiner Räume führte, deren Türen von außen verriegelt werden konnten.

Luna hatte ihm diesen Kerker beschrieben und auch düster erklärt, dass noch nie jemand aus ihm entkommen war. Er hatte die Absicht, das zu ändern.

Er betrachtete den Raum genauer, wobei er erkannte, dass der neue Betonboden und der silberne Käfig nicht die einzigen kürzlichen Veränderungen waren. Die alten Foltergeräte waren durch solche aus der modernen Medizin ersetzt worden, die leuchteten und piepsten. Fläschchen waren aufgereiht und warteten auf Flüssigkeiten.

Sein Blick fiel auf die hintere Tür und er stellte sich die Werwölfe vor, die hinter all diesen verriegelten Türen eingesperrt waren. Sie würden Verbündete sein, wenn er sie befreien konnte.

Lochlan hielt Itranj durch weiteres Reden hin. Er erhob sich und fragte: »Was genau wollen Sie erreichen?«

»Alles«, erklärte Itranj. »Das lykanthropische Gen, das in dir und den anderen aktiv ist, wird die Tür zu allen möglichen Dingen öffnen.«

»Zum Beispiel? Denn ich war verdammt lange bei

Ihnen und das Einzige, was Sie je erreicht haben, war die Fähigkeit, gute Leute zu töten.«

Itranj schürzte die Lippen. »Ich gebe zu, dass es einige Rückschläge gab. Aber das lag daran, dass ich durch den Oberst und das Militär gelähmt war. Jetzt kann ich alles tun, was ich will.«

Worte, die selbst den Tapfersten einen Schauder über den Rücken jagten.

Das Gespräch geriet ins Stocken, als sich gestiefelte Schritte näherten, die achtlos die Treppe hinuntertrampelten.

Die Härchen auf seinem Körper richteten sich auf. Die Soldaten waren nicht allein gekommen.

Sie kamen mit Luna in den Armen herein, und zwar vorsichtiger, als sie ihn geschleppt hatten. Itranj lief praktisch los, um den anderen Käfig für sie zu öffnen.

Oh nein.

Oh nein, verdammt noch mal.

»Weg von ihr«, knurrte er.

Itranj ignorierte ihn und klatschte in die Hände. »Na endlich, Versuchsperson Null.« Der Mann bekam fast einen Orgasmus vor Freude.

»Sie hat einen Namen«, murmelte Lochlan. Als würde es Itranj interessieren. Er war zu sehr damit beschäftigt, sabbernd über Luna zu schweben.

Lochlan griff nach den Metallstangen und brannte. Nicht von dem Silber, sondern von der kalten Wut in ihm. Seltsam, dass er noch nie so wütend über die Dinge gewesen war, die ihm angetan worden waren.

Experimentiere mit mir, Schande über mich.

Wenn du Luna auch nur ein Haar krümmst, wirst du sterben.

Itranj faltete seine Hände und flüsterte: »Weißt du, wie besonders sie ist? Weißt du, dass Versuchsperson Null die Einzige ist, die alle Experimente von Adams durchlaufen und überlebt hat? Ich war nie in der Lage, diese Ergebnisse zu wiederholen. Obwohl du nahe dran warst.« Er warf einen Blick über seine Schulter auf Lochlan. »Ich frage mich, ob du die letzten Tests auch überleben würdest, so wie sie es getan hat.«

»Warum kommen Sie nicht näher und versuchen es?«, lockte Lochlan.

»Ich kann es kaum erwarten, diesen Geist zu brechen. Ich habe im Gefängnis einige Dinge gelernt. Wege zu verletzen, die ich mir nie vorstellen konnte. Soll ich es dir zeigen?« Er lachte leise.

Diese Drohung war wirklich der gruseligste Scheiß, den Lochlan je gehört hatte. Und das steigerte nur noch seine Wut. Denn dieser Mann hatte vor, Luna zu verletzen.

»Wenn Sie so scharf auf Experimente sind, warum probieren Sie nicht ein paar der Spritzen an sich selbst aus? Vielleicht werden Sie dann der Hulk der Wolfswelt.«

»Wenn es nur so funktionieren würde.« Itranj zog die Mundwinkel nach unten. »Ich kriege nichts so hin, wie ich es will. Die verdammten Schwächlinge sterben ständig.« Der Mann klang so traurig.

So krank.

Lochlan musste Luna von hier wegbringen. »Warum sehen Sie Luna als Erfolg an? Sie kann sich nicht verwandeln.« Er log, um sie zu schützen.

»Das stimmt nicht ganz«, sang der Arzt, wobei er mit einem Finger wackelte. »Laut McLean wird sie sich mit dem Zwangsverwandlungspulver verwandeln. Nicht in einen Wolf, aber in eine Hybridversion. Ein interessanter Nebeneffekt, der bei den anderen Versuchspersonen nie aufgetreten ist.«

»Diese Versuchspersonen waren Leute.« Lochlan wusste, dass seine Worte nichts bewirken würden. Doch je länger er Itranj ablenkte, desto mehr lösten sich die Drogen in seinem und Lunas Körper auf. Er fühlte sich nicht mehr träge.

Itranj antwortete einen langen Moment nicht und sagte dann: »Ich denke, ich werde zuerst ihr Blut analysieren. Ich möchte einen Basiswert zum Vergleich haben. Dann werde ich sie körperlich untersuchen, um Unterschiede festzustellen. Ich habe gehört, dass sie interessante Augen entwickelt hat.« Der Arzt drehte sich zu Lochlan um. »Wusstest du, dass McLean mir bis vor Kurzem nichts von ihrer Existenz erzählt hat? Wenn man bedenkt, dass Jahre vergeudet wurden, weil er eine seltsam unangebrachte Loyalität gegenüber seiner Schwester empfand.«

»Moment, sie sind verwandt?«

»Ja. Anscheinend haben sich die Eltern getrennt und jeder hat sich ein Kind genommen. Luna landete in der Obhut von Dr. Adams. Und wie es der Zufall wollte, war ihr Bruder einer derjenigen, die sie fanden. Sein Fehler war es, sie zu ignorieren. Er hielt sie für defekt, obwohl sie in Wirklichkeit die perfekte Antwort ist.«

Die Nachricht, dass Luna mit dem Feldwebel verwandt war, erschütterte Lochlan. Er konnte sich nur vorstellen, was diese Information mit Luna gemacht hatte. »Dann sollten Sie ihr besser nicht wehtun, sonst wird McLean stinksauer.«

Itranj prustete. »McLean hat sich der Sache verschrieben. Ihm ist es egal, ob sie verwandt sind. Sie ist jetzt nützlich. Deshalb hat er sie schließlich ausgeliefert.«

»Für welche Sache arbeitet er?«, fragte er und konzentrierte sich auf den ersten Teil.

»Es gibt nur eine Sache, die meine Zeit wert ist, und das ist die, die mich reicher macht.« Der Feldwebel betrat den Raum und lächelte Lochlan an. »Hallo noch mal, Unteroffizier. Ich hoffe, du und der Doktor haben ein schönes Wiedersehen.«

»Arschloch.« Er konnte nicht anders, als zu kochen.

McLean hatte sich verändert, seit Lochlan ihn gekannt hatte. Zum einen hatte er sich die Haare auf dem Kopf und im Gesicht wachsen lassen, was die Kontur seines Kopfes verändert hatte. Er trug einen

Rollkragenpullover und eine Bundfaltenhose, nachdem er die Robe von zuvor abgelegt hatte. Allein aufgrund seines Aussehens hätte Lochlan ihn nie als den Mann erkannt, der beim Militär zu seiner Folter geführt hatte. Aber sein Geruch täuschte nicht.

»Willst du in deiner Situation so mit mir sprechen?« McLean zog eine Augenbraue hoch.

»So spreche ich mit einem Verräter«, spuckte Lochlan.

»Ich bevorzuge den Begriff *wohlhabender Mann*.«

»Der bald tot sein wird.«

»Durch wessen Hand?«, spottete McLean. »Es gibt niemanden mehr, der mich bekämpft. Ich habe den perfekten Putsch durchgeführt. Ich habe den gesamten Lykosium-Rat und seine Mitarbeiter gefangen genommen. Bis auf die alten. Ich hatte keine Verwendung für sie.«

»Wie? Die Vollstrecker hätten Sie aufhalten müssen.«

»Ich habe mich zuerst um sie gekümmert. Das war gar nicht so schwer, wenn man bedenkt, dass wir auf dem niedrigsten Stand aller Zeiten sind. Ich habe sie auf mehrere Missionen verteilt, die keine richtigen Missionen waren, wenn du verstehst, was ich meine.« McLean grinste.

Er hatte sie alle in einen Hinterhalt gelockt ... Luna hatte es richtig erkannt, als sie ihn als böse bezeichnet hatte. Feldwebel Peter McLean war die Art von Bösem, die aufgehalten werden musste.

»Damit werden Sie nicht durchkommen.«

»Das bin ich schon.«

»Seien Sie sich da nicht so sicher.«

McLean lachte. »Das ist unbezahlbar, wenn es von einem Mann in einem Käfig kommt.«

»Glauben Sie wirklich, dass mich das hier halten wird?« Lochlan strich über die Gitterstäbe.

»Das Silber ist nur eine dünne Schicht über den Stahlstäben. Selbst du kannst die nicht verbiegen.«

»Nehmen wir mal an, ich kann es doch. Wollen Sie schnell oder langsam sterben? Bitte sagen Sie langsam. Ich bin mir ziemlich sicher, dass es mir Spaß machen wird, Sie schreien zu hören.«

»Du bist erheblich in der Unterzahl.«

Lochlan zog die Oberlippe zurück. »Sprechen Sie von den Menschen, mit denen Sie sich umgeben haben? Wie viel mussten Sie ihnen zahlen, damit sie Ihnen gehorchen?«

»Ich habe sie angeheuert, weil die Werwölfe zu zimperlich sind, um zu handeln.«

»Ich hätte gesagt, es liegt daran, dass niemand einen mordenden Verrückten unterstützen will.«

»Du nennst es Mord, aber ich bin mir sicher, dass Dr. Itranj es als Fortschritt bezeichnen würde.«

Der Arzt kniete neben Lunas Käfig und hatte ihren Arm durch die Gitterstäbe gezogen, damit er ihr Blut abnehmen konnte.

Luna riss die Augen auf.

Furcht erfüllte sie.

Verzweiflung.

Sie war ein kleines Mädchen, das erneut leiden musste.

Nein.

Lochlan packte die Gitterstäbe fester. Sie knarrten.

McLeans Augen weiteten sich, bevor sie sich verengten. »Streng dich ruhig an. Du kannst den Käfig, der dich festhält, nicht durchbrechen.«

»Die Wette nehme ich an«, sagte Lochlan. Er spannte seine Arme an, um die Stärke der Gitterstäbe zu testen, wobei er sich fragte, wie tief sie in den Beton eindrangen, wie weit er sich beugen müsste und wo er einen Hebel ansetzen konnte.

»Du willst unbedingt hier raus. Ist das wegen meiner Schwester?« McLean tat so, als würde er sich ans Herz fassen, und lachte. »Ist es wahr? Hat sie endlich ihren Gefährten gefunden? Einen Mann, für den sie alles tun würde?«

»Sie sollten sich nicht darüber lustig machen, McLean«, sagte Lochlan leise. »Das ist das Interessante an Mann oder Bestie. Wenn es um Stärke geht, kommt es nicht auf Größe oder Muskeln an, sondern auf das Verlangen. Bedürfnis.« Das Metall ächzte, als seine Arme größer wurden und ihm Haare auf der Haut wuchsen, während er sich anstrengte.

»Wie machst du das nur?«, hauchte McLean, der zurückwich.

Itranj hatte die gleiche Frage, als er näher kam. »Er sollte nicht in der Lage sein, sich zu verwandeln.

Die Beruhigungsmittel hatten eine hemmende Wirkung.«

»Also, Jungs, habt ihr wirklich gedacht, dass ich während unserer Trennung schwächer geworden bin?« Lochlans Stimme hatte ein tiefes Timbre, während sich sein Kiefer verformte und seine Eckzähne länger wurden. »Ich habe auf diesen Tag gewartet. Wollt ihr einen Trick sehen, den ich gelernt habe, nachdem ich beim Militär aufgehört hatte?«

Die Wirkung der Drogen hatte nachgelassen und Lochlan verwandelte sich. Er verwandelte sich nicht in einen Wolf, der in diesem Käfig nutzlos wäre. Er verwandelte sich in etwas, das er bisher nur allein gemacht hatte. Einen Hybrid. Halb Wolf, halb Mann. Mit Händen zum Greifen und der Kraft vieler Wölfe. Er hatte den zusätzlichen Vorteil des Adrenalins, das aus dem Wissen entstammte, dass seine Gefährtin in Gefahr war.

Mit einem Heulen und einem Kraftausbruch riss er an den Stäben und verbog sie so weit, dass sie sich im Beton lockerten. Er drehte und zog, wobei er sein ganzes Gewicht einsetzte.

Sie sprangen heraus und hinterließen eine körpergroße Lücke.

Er schenkte dem verblüfften Itranj und dem schockierten McLean ein breites Grinsen.

Dann stürzte er sich auf sie.

KAPITEL ZWEIUNDZWANZIG

Das Kreischen von Metall, das sich auf unnatürliche Weise verbog, ließ Luna blinzeln. Sie dachte, ihre verschwommene Sicht wäre schuld an dem, was wie Stäbe vor ihren Augen aussah.

Aber nein, ihr wurde klar, dass sie in einem Käfig war.

Und gegenüber von ihr, in einer anderen Zelle, saß Lochlan. Allerdings war es nicht der Mann, den sie kannte, und auch nicht der Wolf, den sie kennengelernt hatte. Ein zweibeiniger Wolfsmann in zerschlissenen Hulk-Jeans und einem strammen T-Shirt riss die Gitterstäbe seines Käfigs auseinander und zog sie aus dem Beton.

Lochlans wölfisches Grinsen führte zu schrillem Gebrüll eines kleinen alten Mannes in einem weißen Kittel, während jemand herumwirbelte und lief.

»Bleib in dem Käfig, sonst!«, brüllte der weiß gekleidete Mensch.

»Sonst was, Itranj?«, knurrte Bestie Lochlan, als er durch die Lücke trat, die er geschaffen hatte.

»Alarm schlagen. Durchbruch! Durchbruch!« Der letzte Teil wurde gekreischt, als der kleine Mann zu einem Tisch mit Fläschchen und Spritzen lief. Er schnappte sich eine und wirbelte herum, als Lochlan mit Gebrüll auf ihn zustürmte.

Itranj – ein Name, der ihr aufgrund der Geschichten, die sie und Lochlan auf ihrer langen Seereise ausgetauscht hatten, vertraut war – stach zu. Die Nadel bohrte sich in Lochlans Fleisch.

Einen Moment lang hatte Itranj ein lächerliches Grinsen auf den Lippen. Das verblasste, als Lochlan die Spritze herauszog, sie fallen ließ und dann einen Finger und den Kopf schüttelte, während er ein abwertendes Geräusch machte. »Schlecht.«

Luna musste fast lachen, als der Mann ausflippte. An der Situation war nichts lustig.

Sie kroch zu den Gitterstäben ihres Käfigs und hielt sich daran fest. Erst im Nachhinein bemerkte sie, dass sie sich die Lippen geleckt hatte, als Lochlan dem Arzt mit einer Pfote quer über die Kehle fuhr. Der Mann im weißen Kittel, der sadistische Mistkerl, der ihn einst gefoltert hatte, sank auf die Knie und versuchte vergeblich, mit den Fingern das herausspritzende Blut zu stoppen.

Itranj war tot, auch wenn er es sich noch nicht

eingestanden hatte. Es dauerte nicht lange, bis er verblutet war. Der Arzt fiel um und Lochlan drehte den Kopf in ihre Richtung. Er grinste mit zu vielen Zähnen, von denen zwei besonders lang waren, und schaffte es zu schnaufen: »Raus?«

Wie konnte er in so einer Gestalt sprechen? Sie nickte. »Bitte.«

Er schritt auf sie zu, ein prächtiges Exemplar, muskulös und doch pelzig, mit schmalen Hüften und langen Beine. Seine haarigen Finger endeten in Krallen. Ein Zwiespalt aus Teilen.

Ein Monster wie ich.

Und doch wirkte er nicht wie ein Monster. Er griff nach ihren Stäben und riss sie auseinander, wobei sich seine Arme vor Anstrengung anspannten.

Sie legte ihre Hand auf einen Bizeps und starrte ihn mit einer seltsamen Sehnsucht in sich an. Warum konnte ihr Monster nicht so schön sein?

Bin schön. Warum willst du das nicht sehen?

Ihre Lippen öffneten sich, aber bevor sie ein Wort sagen konnte, strömten Soldaten in den Raum und feuerten Waffen, die mit Betäubungspfeilen anstelle von Kugeln gefüllt waren, denn sonst wäre die Situation wirklich fatal geworden.

Lochlan, der heldenhafte Typ, warf sich vor sie und bekam die Hauptlast der Geschosse ab. Er brüllte, als er eine Handvoll herauszog, bevor er die Soldaten angriff. Mächtige Schwünge seiner Arme zerstreuten die Menschen, doch das verzögerte ihren Tod nur.

Einer nach dem anderen riss Lochlan sie buchstäblich in Stücke. Arme wurden abgerissen und weggeschleudert. Hälse wurden verdreht und gebrochen. Eingeweide fielen auf den Boden. Sie hätte entsetzt sein müssen. Eine normale Person hätte weggeschaut. Aber stattdessen konnte sie nicht anders, als zu bewundern, auch wenn sie sich selbst dafür gehasst hatte, dasselbe getan zu haben.

Als die Soldaten tot oder kurz davor waren zu sterben, kehrte Lochlan schwitzend und keuchend an ihre Seite zurück.

»McLean hat sie geschickt. Der Wichser ist abgehauen.« Diesmal war es nicht nur seine Hybridform, die seine Worte verzerrte. Die Schlafdroge raste durch seinen Körper.

»Wir müssen ihn kriegen.« Der Verräter durfte nicht entkommen.

Lochlan ließ sich auf ein Knie fallen und senkte den Kopf. »Brauche. Minute.« Die Worte kamen undeutlich aus seiner Schnauze.

Sie streichelte sein Haar. »Du hättest ein paar von denen mich treffen lassen sollen.«

»Nein.« Ein schroffer Ausruf. »Nicht wehtun. Gefährtin.«

»Oh, Lochlan.« Seine Beharrlichkeit, sie zu beschützen, drückte ihr das Herz zusammen. Deshalb fiel es ihr auch so schwer zu sagen: »Nimm dir eine Minute, um dich zu erholen. Ich muss Peter verfolgen.«

»Nein.« Die Silbe weckte ihn für eine Sekunde.

»Ich muss aber. Er darf nicht entkommen.«

»Gib. Sekunde«, murmelte Lochlan und schloss die Augen. Sie öffneten sich nicht wieder. Sein Körper sackte gegen sie zusammen.

Sie ließ ihn auf den Boden sinken und zuckte angesichts der vielen Pfeile, die aus seinem Körper herausragten, zusammen. Er hatte eine große Menge an Drogen auf einmal bekommen. Er würde eine Weile nicht mehr aufwachen.

Sie küsste ihn auf den Mund und flüsterte: »Ich liebe dich.« Das war das erste Mal, dass sie das zu einem Geliebten gesagt hatte.

Wahrscheinlich auch das letzte Mal.

Obwohl sie hasste, wie verletzlich Lochlan dadurch war, eilte sie aus dem Kerker, da sie Peters Spur nicht verlieren wollte. Unterwegs schnappte sie sich zwei der Betäubungspistolen. *Mal sehen, wie es ihm gefällt, in einem Käfig aufzuwachen.*

Sie nahm die Treppe zwei Stufen auf einmal, wobei sie jeden Moment damit rechnete, auf weitere Soldaten zu stoßen. Sie erfuhr bald, dass sie im Hauptgeschoss auf sie warteten – ihr Geruch verriet sie. Anstatt den Kerker dort zu verlassen, wo sie sie erwarten würden, kam sie ihnen von oben zuvor. Sie hatte den Vorteil, dass sie jeden Winkel der Burg kannte, auch die Geheimgänge, und trat auf einen staubigen Balkon, der angesichts seiner geringen Größe fast zu Julia passte, und begann zu schießen.

Aber die Gewehre hatten jeweils nur ein paar medizinische Schüsse, genug, um vier der sieben verbliebenen Soldaten zu erledigen. Damit blieben drei Menschen übrig. Für einen Wolf war das leicht zu schaffen, aber Luna war weggesperrt.

Lass mich raus.

Wie? Sie hatte keine Drogen, die ihr helfen konnten. Sie duckte sich zurück in den Gang und machte sich auf den Weg zu einem Schrank in der Nähe des Burgeingangs. Als sie herauskam, sah sie die Rücken der drei verbliebenen Soldaten, die den ersten Stock, der die Eingangshalle umgab, im Auge behielten.

Pass auf.

Die Warnung kam zu spät.

Hände packten sie von hinten, umklammerten ihre Kehle und rissen sie von den Füßen. Der fehlende Geruch hatte sie getäuscht und sie wollte die Drogen verfluchen, die ihren Körper noch immer nicht verlassen hatten und ihre Sinne dämpften.

Lass mich raus.

Der Mangel an Luft ließ Flecke in ihren Augen tanzen.

Ich kann nicht. Ich weiß nicht wie.

Lass los. Vertraue mir. Denn ich bin du.

Als ihr Körper zu zucken begann, hatte sie keine andere Wahl, als zu sterben oder die Kontrolle aufzugeben. Es war nicht leicht, die Augen zu schließen und loszulassen. Sie spannte sich an und erinnerte sich an all die Schmerzen, die sie erlitten hatte, die Beschimpfungen, den Terror.

»Das wird wehtun. Schrei ruhig, du Monster.«

»Du dreckiges Tier.«

»Schrei nicht, sonst gebe ich dir wirklich einen Grund dazu.«

Sie nannten sie Monster, denn wenn sie sich verwandelte, wurde sie wirklich eins. Es war ein Segen, sich nicht an die Dinge erinnern zu können, die sie getan hatte.

Als ihr Monster auftauchte, erwartete sie, in den dunklen Raum geschoben zu werden, der sie unwissend hielt, bis sie mit einem Mund voller metallischem Blut aufwachte. Aber dieses Mal war sie sich ihrer bewusst. Sie spürte, wie sich ihr Körper veränderte, und hatte einen nostalgischen Moment, in dem sie sich daran erinnerte, dass sie ein Wolf und kein Monster war.

Als sie sich verwandelte, erschrak Peter und sein Griff löste sich. Er zuckte zurück, als sie mit voller Schnauze und zotteligem Fell nach ihm schnappte. Auf vier Beinen beäugte Luna, die Wölfin, ihren Feind und knurrte.

Der Feigling zog eine Waffe und richtete sie auf sie. »Bleib zurück.«

Sie schnaubte und scharrte mit einer Pfote. Ein Mensch hätte die Kritik nicht verstanden. Aber Peter schon.

»Du wagst es, mich herauszufordern? Es wird Zeit, dass ich dir zeige, wo dein Platz ist, *Schwester*.« Er legte seine Waffe beiseite und zog seine Schuhe und sein Hemd aus, bevor er sich in einen dunkelgrauen Wolf verwandelte, ein echter Kontrast zu ihrem hellen Silber. Er war größer als sie, aber das war der einzige Unterschied, und das hielt sie nicht von ihrem Angriff ab. Sie stürzte sich auf den Bruder, den sie gerade gefunden hatte, fest dazu entschlossen, wieder ein Einzelkind zu werden. Sie hatte keinen anderen Gedanken, als diesen Schandfleck auf der Welt zu töten. Wie eine einzelne Person so böse sein und so viele Leben zerstören konnte, war ihr ein Rätsel.

Das endete jetzt.

Als die beiden Bestien aus Fell und Reißzähnen aufeinanderprallten, grunzten sie und stürzten aus dem Flur neben dem Schrank in den Hauptkorridor. Die verbliebenen Menschen sahen ihnen zu und zielten mit ihren Waffen, hatten aber keine freie Schussbahn.

Das hielt einen von ihnen nicht davon ab zu schießen – und Peter zu treffen. Er zuckte zusammen und stieß sich von Luna ab, packte den Pfeil mit seinen Zähnen und riss ihn heraus. Als er in die Richtung seiner Soldaten brüllte, ließen sie ihre Waffen fallen und liefen davon.

Peter drehte sich zu ihr um, den Kopf gesenkt, sein Knurren bedrohlich. Ihr Blick fiel auf die Waffe, die er nur ein paar Schritte von ihr entfernt abgelegt hatte.

Eine Waffe, die sie wegen ihrer Pfoten nicht benutzen konnte.

Sie wich seinem Angriff nicht aus, sondern kam ihm entgegen und grunzte, als sein Körper auf den ihren traf. Sie schnappten, knurrten und wälzten sich auf dem Boden.

Das Gerangel endete damit, dass er auf ihr lag und mit dem Maul ihren Hals packte. Sie konnte ihn nicht mit ihren strampelnden Pfoten wegstoßen. Sie dachte nicht einmal nach, sie verwandelte sich einfach zur Hälfte und stieß gegen seinen Kopf, um zu verhindern, dass er ihren Hals zerquetschte.

Sie stieß ihn von sich und ging in die Hocke, als er sich erneut auf sie stürzen wollte. Ihre haarige Hand landete auf der Waffe, in deren Nähe sie gekommen war, und sie hob sie hoch, als er durch die Luft auf sie zuflog.

Peng.

Sie schoss ihm zwischen die Augen. Und nur für den Fall ... *Peng*. Sie schoss ihm auch ins Herz.

Als sie diesmal wieder in ihre menschliche Gestalt zurückkehrte, das Blut aus ihrer Nase tropfte und ihre Lippen beschmierte, erinnerte sie sich an alles.

Und weinte.

KAPITEL DREIUNDZWANZIG

Lochlan fand Luna schluchzend neben der Leiche des Feldwebels.

»Schätzchen, bist du verletzt?« Er rutschte auf die Knie, ohne sich um die daraus resultierenden Verbrennungen zu kümmern.

»Mir geht es gut.« Sie schniefte, während sie sich mit der Hand über die blutige Nase rieb. »Ich bin nur erleichtert. Es ist vorbei.«

Er warf einen Blick auf den sehr toten Feldwebel. Ihr Bruder und der Mann hinter so ziemlich allem. Jetzt, da er und Itranj tot waren, hatten Lochlan und Luna eine Chance, die Dinge wieder in Ordnung zu bringen.

»Es tut mir leid, dass ich so lange gebraucht habe, um hierherzukommen.« Er hatte das Schlafmittel abbauen müssen und kämpfte auch jetzt noch gegen die Anti-Verwandlungs-Chemikalien, die in sein Blut eingedrungen waren. Er hatte die gefangenen Lykosium-Mitglieder als Verbündete befreien wollen, nur um mit Schrecken festzustellen, dass alle in diesen Zellen tot waren. Die Chips in ihnen waren gesprengt worden. Eine letzte schreckliche Tat des verzweifelten Feldwebels.

Luna griff nach ihm, woraufhin er sie in die Arme nahm und wiegte. Die Angst, die er hatte, als er aufgewacht und sie verschwunden war ... das wollte er nie wieder erleben.

»Wir müssen zurück nach unten«, flüsterte sie an seiner Haut. »Vielleicht gibt es Überlebende.«

Er nahm einen zittrigen Atemzug, bevor er es ihr sagte, und hielt sie erneut fest, als sie weinte. Sie hatten es versäumt, sie zu retten, eine Schuld, mit der sie leben müssten, gemildert nur durch die Beweise, die sie in McLeans Zimmer fand und die zeigten, dass mehr als ein paar der Toten ihn unterstützt oder sich nicht genug darum gekümmert hatten, um zu versuchen, einen Verrückten aufzuhalten.

Später sahen sie zu, wie die Burg brannte, was nicht einfach zu erreichen war, da sie aus Stein gebaut war. Es war das ganze Benzin nötig gewesen, das sie aus den Fahrzeugen in der Garage abzapfen konnten, um das Albtraumverlies wirklich brennen zu lassen. Die Polizei würde zwar vielleicht Leichen finden, aber die Beamten würden nie erfahren, was passiert war, oder sie identifizieren können.

Sie machten sich zu Fuß auf den Weg, nur mit den

Vorräten, die sie tragen konnten, zurück zu Padmes und Hesters Hütte, in der Hoffnung, dass die Pferde in der Nähe geblieben waren. Das waren sie nicht, aber sie taten es auch nicht.

Es dauerte eine Weile, bis Luna sich entschloss zu sprechen, und als sie es tat, überraschte ihn das, was sie sagte, nicht. »Du hast mir nie gesagt, dass du ein Hybridwolf bist wie ich.«

Seine Mundwinkel zuckten. »Ich würde nicht sagen *wie du*. Mein Gehänge ist ein bisschen anders, meinst du nicht?«

Sie schlug ihn. »Mach keine Witze. Du weißt, was ich meine. Du standest auf zwei Beinen und hattest große Reißzähne.«

»Jup.«

»Mit Absicht.«

»Jup.«

»Wie kommt es –«

»Dass ich es dir nie erzählt habe? Weil ich trotz aller Übung nicht immer in der Lage bin, es auf Abruf zu tun.«

»Warum solltest du ein Monster sein wollen?«

»Zunächst einmal bin ich kein Monster. Ich bin nur ein anderer Teil von mir. Manchmal laufe ich auf vier Pfoten. Manchmal auf zwei Füßen. Und wenn es sein muss, vermische ich beides. Genau wie du es kannst.«

Sie schüttelte den Kopf. »Nicht wie ich. Ich bin kaputt.«

»Bist du das, oder hast du diese Nonnen, Ärzte und Menschen in deinen Kopf gelassen? Ich persönlich glaube, dass dein Unterbewusstsein dich verarscht. Diese Wichser haben dir eingeredet, dass Verwandlung böse ist.«

»Weil es gewalttätig ist.«

»Gewalttätig gegen wen? Ich sag's dir – gegen Leute, die dir wehtun wollten. Es hat dich verteidigt. Hast du jemals daran gedacht, ihm zu vertrauen?«

Sie hielt einen Moment inne, bevor sie antwortete: »Heute brauchte ich keine Drogen, um es herauszulassen, und ich erinnere mich an alles.«

»Ausnahmsweise wart ihr Verbündete und keine Feinde. So wie es sein sollte. Und so wird es auch von nun an sein.«

Sie seufzte. »Was ist, wenn es eine einmalige Sache war? Ich weiß nicht, ob ich es riskieren kann, es noch einmal loszulassen, nur um dann festzustellen, dass ich mich geirrt habe.«

»Dann hat Adams wohl gewonnen.«

»Adams ist tot.«

»Das ist er, und trotzdem willst du weiterhin glauben, dass du nicht ganz sein kannst.«

»Ich weiß nicht wie«, flüsterte sie.

»Ich auch nicht, aber ich denke, wir werden es gemeinsam herausfinden können. Dabei fällt mir ein, dass du vorhin etwas gesagt hast. Etwas über Liebe.« Er war schon ins La La Land abgedriftet, als er sie die Worte hatte flüstern hören.

Ihre Wangen färbten sich rosa. »Ich weiß nicht, wovon du redest.« Sie wollte ihn nicht ansehen.

Er neigte ihr Kinn. »Wenn du willst, dass ich es zuerst sage, dann tue ich das. Ich liebe dich, Luna Smith. Gefährtin. Geliebte. Was hältst du davon, wenn wir nach Hause gehen?«

Und mit *nach Hause* meinte er nur einen Ort.

EPILOG

Schlamm spritzte in einem dreckigen Bogen, als Luna durch eine Wasserfläche pflügte. Die Räder ihres Quads drehten sich und schleuderten Schmutz auf die Person, die hinter ihr fuhr.

Sie lehnte sich tief und gab Vollgas. Sie stieß einen Freudenschrei aus, als sie und das Quad auf vier Rädern statt auf Pfoten den Abhang hinaufflogen und dann über die Kante sprangen, wobei sie kurzzeitig schwerelos war.

»Juchhu!«, jodelte sie.

Der Mann hinter ihr erwiderte den Schrei.

Ihr Gefährte.

Das Quad schlug auf dem Boden auf und die Reifen rutschten, bevor sie wieder griffen. Sie raste los und hatte die beste Zeit ihres Lebens.

Sie war jetzt seit einer Woche auf der Weißwolf-Farm, dem Zuhause des Feral Packs, und sie liebte es.

Komischerweise hatte sie erwartet, dass sie sich langweilen würde, als sie mit Lochlan zu Besuch kam, um die Dinge zu regeln, nachdem das Lykosium praktisch ausgelöscht worden war. Normalerweise wurde sie zappelig, wenn sie zu lange an einem Ort blieb. Sie hatte sicher nicht erwartet, dass ihr das einfache Landleben gefallen würde, denn ihr letzter Wohnsitz war buchstäblich eine Burg mit allen Annehmlichkeiten gewesen, die sie brauchte.

Amarok erwies sich als die richtige Art von Alpha, freundlich und fürsorglich, aber bestimmt, mit einem Rudel, das sich gegenseitig wie eine Familie unterstützte.

Eine Familie, die jetzt noch größer war, da Astra ihr Baby zur Welt gebracht hatte – ein Mädchen, von dem Bellamy behauptete, es sei das schönste Kind aller Zeiten.

Sie stimmten alle zu. Sogar Luna, die angeboten hatte, ein paar Nächte mit dem Kind spazieren zu gehen, wobei sie den Geruch eines Babys genoss. So etwas hatte sie noch nie erlebt, und an diesem Punkt in ihrem Leben reizte es sie nicht, ein Baby von Grund auf neu anzufangen, aber sie liebte diesen puderfrischen Duft.

Es gab viele Dinge, die sie an der Weißwolf-Farm mochte. Sie hatte alle Annehmlichkeiten, die sie brauchte. Ein Bett. Ein Bad mit heißem Wasser. Eine Küche, in der es aber scheinbar an den für gewöhnlich köstlichen Mahlzeiten mangelte, denn Poppy war immer noch mit Kit – und den Kindern – in den Flitterwochen.

Es gefiel Luna sehr, dass er Poppy sein Geheimnis verraten und ihr die Kinder gezeigt hatte, die er betreute. Kein Wunder, dass Poppy sich in sie alle verliebt hatte. Sie war sogar bereit gewesen, auf der Stelle bei ihnen einzuziehen, nur hatte Kit bereits einen Vorgeschmack auf das Farmleben bekommen. Poppy wusste es noch nicht, aber er hatte ein Angebot für das Grundstück gemacht, das praktisch an das von Amarok angrenzte. Es bestand aus einem großen Farmhaus, zwei kleineren Bungalows und mehreren Nebengebäuden. Platz zum Wachsen.

Nicht dass Kit vorhatte, Farmer zu werden. Aber nachdem das Lykosium aufgelöst worden war, musste er eine neue Aufgabe finden.

Was Lunas neuen Job anging?

Nichts.

Zum ersten Mal seit einer Ewigkeit hatte sie nicht eine verdammte Sache zu tun.

Sie hatte über die Jahre so viel gespart, dass sie sich alles kaufen konnte, was sie brauchte, und das war weniger, als sie sich vorgestellt hatte. Tatsächlich brauchte sie keine einzige materielle Sache, solange sie den Mann an ihrer Seite hatte.

Sie hielt am Ende einer perfekten Wiese auf einer Anhöhe an, die dem Schatten der Bäume entkommen konnte. Ein perfekter Ort für Verliebte.

Bevor sie von der Maschine absteigen konnte,

packte Lochlan sie – er trug sie gern und sagte, er müsse das tun, um in Form zu bleiben. Sie wusste, dass es mehr damit zu tun hatte, sich zu vergewissern, dass sie in Sicherheit war. Nach allem, was sie durchgemacht hatten, überraschte es sie nicht, dass die Albträume manchmal versuchten, sie herunterzuziehen. Die Albträume konnten es versuchen, aber sie würden nicht gewinnen, denn sie und Lochlan hatten einander gefunden. Gemeinsam konnten sie sich allem stellen.

Luna kuschelte sich an ihren Gefährten. »Heute Nacht ist Vollmond«, sagte sie, als er sie auf den Boden legte und das warme Gras unter ihr duftete.

»Willst du mir etwas sagen?«

»Ich glaube, ich würde es gern versuchen.«

»Bist du sicher?«, fragte er.

Sie nickte. Es war an der Zeit, sich wieder mit ihrem Wolf zu vereinen. Nicht das Monster. Nicht die Bestie. Nicht ihr Fluch.

Denn es stellte sich heraus, dass sie immer die Kontrolle hatte, sie hatte es nur nicht gewusst. Sie wählte ihre Gestalt. Sie konnte sich entscheiden, ungeteilt zu sein. Ganz.

In dieser Nacht, als die silbernen Strahlen des Mondes ihre nackte Haut kitzelten, ließ sie die Veränderung über sich fegen, eine Sache von Schönheit und Hochgefühl. Keine Angst. Kein Schmerz.

Sie heulte vor Freude. Ihr Gefährte heulte neben ihr.

Lass uns rennen.

Also taten sie es, zwei ungeliebte Einzelgänger, die endlich Frieden gefunden hatten und akzeptiert wurden.

Juchhu!

DIES IST *das Ende der Feral-Pack-Reihe. Für den Moment. Man weiß ja nie, wann ich eine Idee habe. Schließlich haben noch nicht alle ihren Gefährten gefunden.*

www.ingramcontent.com/pod-product-compliance
Lightning Source LLC
LaVergne TN
LVHW031539060526
838200LV00056B/4566